문학의 도끼로
내 삶을 깨워라

문학의 도끼로 내 삶을 깨워라

문정희 산문집

다산책방

문학의 도끼로 내 삶을 깨워라

나는 늘 타오르고 싶었다.

타오를 때만이 목숨이라고 생각했다. 그 불꽃이 나의 신神이라고 생각했다.

하지만 그것은 얼마나 슬픈 열망인가.

사랑과 상처, 좌절과 고통이 나의 삶이 되었다.

젊은 날, 문득 감수성 정도로 다가온 문학이 이제 나의 인생이 되었다.

쇠사슬을 풀어주어도 어디로도 가지 못하는 짐승처럼 나는 문학의 망루를 통하여 세상을 보고, 오직 문학의 의자에서 자유롭고 당당하고 고독하다.

흙 속에 한 알의 씨앗을 묻으면 거기에서 한 그루의 나무가 태어나듯이 이 책은 나의 삶과 문학을 배태胚胎한 흙의 이야기이다.

고독과 자유와 방황, 그리고 만남과 감각에 대한 산문이다.

적어도 나의 경험으로는 풍부한 언어와 그 언어를 재료로 창조된 문학을 이해하지 못하고는 행복을 제대로 이해할 수 없다고 생각한다.

문학의 도끼로 내 삶을 깨워라.

이 위태하고 아름다운 외줄타기에 당신의 동행을 기대한다.

2012년 초가을

문정희

한 권의 책은 우리 안의 얼어붙은 바다를 부수는 도끼여야 한다네.

– 카프카

1부

쏘아놓은 화살을 안고
찾아오는 그녀에게

장미의 계절이 아니라도 불현듯 노랑장미를 들고 찾아오는 제자가 있다. 지난해에는 잠시도 가만히 있질 못하는 튼튼한 사내아이를 등에 업고 왔는데, 또 얼마 전에는 흙 묻은 트럭을 몰고 장미를 들고 와서 우리 아파트 앞에 차를 세우느라 경비 아저씨의 눈총을 받은 적도 있다.

내가 대학을 졸업하고 잠시 몸담았던 여학교에서 나에게 국어를 배웠던 학생이다. 아버지가 큰 병원을 했던 유복한 집 딸이었으나, 결혼을 하고 아이를 낳고 이제는 가끔 지치고 피로한 기색이 역력하기도 한 그녀이다.

소위 꿈 많던 시절에 만난 국어 선생님이 노랑장미를 좋아한다고 했던 말을 아직도 기억하는 그녀, 노랑장미를 좋아하는 이유가 첫째 평범하지 않아서라고 했다는 말을 아직도 좋아하는 그녀이다.

그때 그 말은 어린 그녀에게 묘한 감동을 주었던 것 같다. 하지만 솔직히 고백하자면 나는 그런 말을 한 기억이 없다. 어쩌면 쉽게 얘기하고 벌써 잊어버린 것인지도 모른다. 더구나 나는 노란 장미를 좋아했던 기억조차 없는 것이다.

이제 와서 그녀를 실망시키고 싶지 않아 반색을 하며 노랑장미를 받아들곤 하지만, 아니 내친 김에 노랑장미를 세상에서 제일 좋아하기로 속으로 결정해버리기까지 하지만 말이다.

사실 무슨 꽃을 좋아하면 어떤가. 사랑하는 제자가 그렇게 기억하고 있는 자체가 큰 인연이 아닐 수 없다. 다만 마음이 쓰이는 것은 그녀가 지불할 만만치 않을 꽃 값과, 보통 꽃집에는 흔치 않은 노랑장미를 구하느라 애를 쓰지나 않을까 하는 것이다. 그녀가 노랑장미를 안고 웃으며 현관을 들어올 때마다, 나는 반가우면서도 속으로 조금 불가해한 낭패감에 빠지곤 한다.

언어는 흔히 칼에 비유하지 않고 화살에 비유한다고 한다. 왜냐하면 한번 나가면 어딘가에 깊이 박혀 다시는 돌아오지 않기 때문이다. 그녀가 들고 들어오는 노랑장미는 그러니까 내가 쏘아놓은 언어의 화살인지도 모른다.

다행히 노랑장미 정도를 기억하기 망정이지, 혹시 뜻하지 않은 다른 종류의 것을 기억하고 그것에 좌우되어 큰 여파를 일으킨다면 심각한 일이 아닐 수 없다.

부산의 한 신문사 초대로 문학 강연을 간 적이 있었다. 시인이란 생래적으로 밀실의 존재이므로 여러 사람 앞에서의 강연이라는 것이 늘 떨리고 어색하기 마련이다. 그래도 모처럼의 부산나들이는 흥분을 가져다주었다. 그날따라 신문사의 홍보 덕인지 청중은 많았고 진지했다. 나는 고조된 목소리로 마치 "문학에 살고, 문학에 죽을 것"처럼 강연을 했다.

드디어 강연이 끝이 나고 질문 시간이 되었다. 몇 사람이 문학과 창작에 관한 몇 가지 질문을 한 후였다. 뒤쪽에서 한 여성이 망설이는 듯한 자세로 자리에서 일어섰다.

"선생님께서는 인생에서 무엇을 제일 소중하게 생각하십니까?"

사실 이런 질문은 강연 때가 아니라도 쉽게 듣는 질문이지만 오늘 그녀의 질문은 뭔가 조금 달랐다. 그녀는 지금 그 대답이 진심으로 필요한 어떤 상황에 놓여 있는 듯했다.

나는 잠시 머뭇거리다가 이렇게 대답했다.

"첫째는 자식이요, 둘째는 나의 일, 셋째는 사랑입니다."

나의 대답이 떨어지는 순간 강연장이 조금 술렁이는 듯했다. 지금까지의 강연 내용으로 보아서는 첫째도 둘째도 셋째도 나의 일, 즉 문학이라고 대답했어야 마땅했기 때문이었다.

"방금 제가 한 대답은 프랑스의 소설가요, 자유연애주의자였던 '조르주 상드'의 대답입니다."

사람들은 웃었고 강연은 드디어 끝이 났다.

강연을 주선했던 사람들과 몇 사람의 여성들과 저녁을 했다. 저녁식사 후에 그분들은 나를 '달맞이고개'라는 곳으로 안내했다.

밤바다에서 파도치는 소리가 끝도 없이 들려왔다. 파도소리는 모래시계 속의 큰 모래들이 닳는 소리 같기도 해서, 달이 없는 밤이었지만 생의 한가운데 서 있는 느낌이었다.

삶에 순위를 정해놓고 사는 것은 어려운 일이다. 가령 순위가 있다 해도 인생의 시기에 따라 순위란 얼마든지 앞뒤가 바뀔 수도 있는 일이다. 그 모두가 서로 복잡하게 얽히고 풀리고 하는 것이 삶이라는 피륙일 것이다.

프랑스 정부는 마침 2004년을 '조르주 상드의 해'로 정했다는 얘기까지, 강연 때에 다 하지 못한 이야기는 끝도 없이 자유롭게 이어졌다.

자정이 가까울 무렵 호텔로 향하는 나에게 아까 질문을 했던 그 여성이 뜻밖에 이런 고백을 했다.

"오늘밤 저는 큰 숙제 하나를 풀었습니다. 곧 아이들과 남편이 있는 캐나다로 돌아가기로 했습니다."

갑자기 파도소리가 크게 들려오는 듯했다. 그녀는 가족과 함께 몇 해 전에 캐나다로 이민을 가서 살았다고 했다. 그런데 그녀에게 캐나다 생활은 아무런 의미가 없었다고 했다. 그래서 고민 끝에 그녀는 홀로 한국으로 돌아왔고 다시 학교에 취직을 한 후 혼자 살고 있다는 것이다.

"첫째는 자식이요, 둘째는 나의 일, 셋째는 사랑입니다."

　오늘 저녁, 나의 이 말이 그녀를 뒤흔들어놓았다고 했다. 몇 년 후 캐나다나 혹은 부산 여행길에서 다시 한 번, 한 다발의 노랑장미꽃을 또 받을 것 같은 예감에 순간 사로잡혔다.

　내가 오늘 밤, 아주 좋은 미래의 여성작가 한 사람을 캐나다로 돌려보낸 것은 아닐까. 하지만 아내와 어머니를 기다리고 있을 캐나다의 한 이민 가족의 빈자리를 떠올려보며 애써 고개를 흔들었다.

　'말은 칼에 비유하지 않고 화살에 비유한다'는 말을 다시 떠올려보았다.

　밤바다에서 울려오는 파도소리가 더욱 두렵고 외경스러웠다.

　초여름 어느 날, 제자가 노랑장미를 들고 나를 찾아오면 나는 이제 모든 것을 터놓고 그녀를 노랑장미에서 해방되도록 해야겠다. 그녀가 소녀가 아니라 인생을 이해할 수 있는 어른이 되었다는 사실이 노랑장미보다 흐뭇하다.

천장이 몹시 높은데다 어둑하기 짝이 없는 식당이 나를 기다리고 있었다. 이 나라가 얼마 전까지만 해도 엄혹한 사회주의 국가였음을 상기시키기에 충분한 분위기였다.

식탁 위에 딱딱한 빵과 질기고 냄새나는 양고기와 소금이 많이 첨가되어 혀가 오그라들 정도로 짠 수프가 올라왔다. 하지만 믿을 수 없이 맛있는 마끼아또 커피는 이곳이 유럽의 일부임을 강변했다.

각국에서 모여든 시인들의 환담이 썰렁함을 부숴내고 있었다. '호텔 마케도니아'의 대식당 한 구석에 나는 앉아 있었다.

"튀니지에서 온 시인 실비아입니다. 직업은 변호사이구요."
"나는 알제리의 작가 요세퍼 사카라입니다."
"나는 마케도니아의 아딴입니다."

"나는 알바니아 출신 비바입니다."

"나는 블라카입니다."

"나는 아일랜드의 데스몬드입니다."

그리고 또 나는 이태리, 영국, 미국, 알바니아, 이라크, 코소보, 유고슬라비아, 스페인, 독일, 스위스…… 시인과 악수했다. 세상에는 참 시인이 많기도 하다. 그만큼 세상이 아름답다는 뜻일까. 아니면 슬프다는 뜻일까. 시인이 많다는 것은 울 일이 많다는 것이다.

서울로부터 이스탄불을 경유한 긴 여정에 지친 나는 자리에 앉은 채로 조금 딴 생각을 하고 있었다. "가슴속의 얼음이 녹지 않는구나……." 이런 생각이었다. 그래서 문득 이렇게 말했다

"나는 아무것도 아닙니다. 당신은 누구시죠? I'm nobody! Who are you?"

순간 미국 시인 크레그의 눈빛이 웃음으로 타올랐다. 그리고 그는 나를 보며 이렇게 이어갔다.

"당신도 아무것도 아니라구요? 그럼 우린 똑같네요."

이것은 물론 에밀리 디킨슨의 시였다.

난 무명인입니다! 당신은요?

당신도 무명인이신가요?

그럼 우리 둘이 똑같네요!

쉿! 말하지 마세요.

쫓겨날 테니까 말이에요.

얼마나 끔찍할까요, 유명인이 된다는 건!

얼마나 요란할까요, 개구리처럼

긴긴 유월 내내

찬양하는 늪을 향해

개골개골 자기 이름을 외쳐대는 것은.

에밀리 디킨슨, 「무명인」(장영희 옮김)

에밀리 디킨슨의 시 한 편으로 우리는 순간에 가까워져버리고 말았다. 개골개골 자기 이름을 외쳐대는 것은 정말 덧없고 피곤한 일이다.

"당신은 왜 여기에 왔지요?" 나는 클래그에게 물었다. 그는 "살아 있는 아름다움을 느끼기 위해서"라고 대답했다. 나는 "비 오기 전에, 늦기 전에"라고 대답했다. "〈비 포 더 레인 Before The Rain〉을 기억하지요?" 그는 웃었다.

세계적으로 유명해진 마케도니아 출신 감독 '밀코 만체프스키'의 영화를 보고 2년 전 이 땅을 처음 밟았었다. 물론 이번 여행가

방에는 이스마일 카다레의『꿈의 궁전』이 들어 있었다. 그의 작품은『H서류』『부서진 사월』등 몇 권이 우리나라에 번역되어 있었다. 이스마일 카다레는 알바니아 출신의 작가로 세계적으로 주목받는 작가 중 한 사람이다.

현재 마케도니아의 인구는 마케도니아인과 알바니아인으로 구성되어 있다. 상대적으로 소수민족인 알바니아 사람들은 그들의 문화 보존과 권익을 위해 끝없이 투쟁하며 살아가고 있다.

코소보 사태 또한 아직도 사람들의 뇌리에 크게 남아 있지만 그보다도 최근 처참하게 실각한 유고슬라비아 독재자의 최후의 모습은 더욱 생생하다. 세르비아계와 알바니아계, 코소보와 나토 사이의 분쟁으로 발칸반도는 한시도 편하지 않았다.

몇 해 전, 우리나라에 온 이스마일 카다레는 한 일간지와의 인터뷰에서 "작가인 나에게 인류의 가장 위대한 발견은 지옥의 발견입니다 (……) 문학에 있어 지옥의 발견은 다른 어떤 과학의 발명보다도 중요합니다. 왜냐하면 지옥은 인간의 의식, 죄의식을 반영하기 때문입니다"라고 말했었다.

정말 충격이었다. 한 작가가 세계를 갖는다는 것은 바로 이런 것이었다. 우리나라의 유명 소설가가 그와 동행하며 여러 대화를 나눈 것을 읽었지만 솔직하게 말해서 그분이야말로 누구보다 진정한 대가였다.

그의 고향인 알바니아 사람들이 많이 살고 있는 테토보의 작가들은 그를 몹시 자랑스러워했다. 고향을 떠나 현재 파리에서 집필하고 있는 작가는 그런 식으로 조국에 사랑을 보태고 있었다.

나는 카페 '티보리'에서 진종일 그의 소설을 읽었다. 마침 '라마단'이어서 모든 식당이 저녁 6시까지 문을 닫은 상황이었다.

가슴을 옥죄는 불안과 악몽 같은 현실……아름답기는커녕 견딜 수 없는 고통을 묘사한 소설을 여행에 끌고 온 것은 처음이었다. 그는 해마다 노벨상에 가장 유력한 후보로 거론되고 있다.

고독은 작가의 자긍심이다. 고독은 때로 사회성의 결여로 불모를 초래할 때도 있지만, 인간을 위대하게 만드는 것은 결국 '고독'이라는 옥타비오 파스의 말에 전적으로 동의하며 테토보의 여행을 깊게 고통스럽게 즐기었다.

가령 그렇다. 나는 모든 순간을 활활 타오르고 싶었다. 그러기 위해서는 더욱더 고독해야 한다고 생각했다. 시는 벼락을 맞는 것과 같기도 하지만 벼락이 저절로 칠 때까지 기다릴 수는 없는 것이라고 생각했다. 스스로 큰비를 만들어야 했다.

"비 오기 전에, 더 늦기 전에."

외롭고 불편하고 고통스러운 마케도니아 여행은 온통 문학으로 충만하고 눈부시었다.

쓸 때만이 나는 살아 있는 목숨이고 나의 최대의 영광은 글을 쓸 때뿐이니까.

그다음은 없는 것이니까.

머리 감는 여자

대지는 꽃을 통하여 웃는다고 한다. 만개한 목련을 보며 문득 연전에 만난 한 풍성한 여인을 떠올린다. 그때 나는 멕시코 중부 마야의 유적군이 있는 치첸이사라는 곳을 떠돌고 있었다.

밀림 속에 기원전의 피라미드들이 널려 있다는 촌로의 말만 믿고 차를 돌렸는데 풍경이 황홀할 만치 아름다웠다. 검푸른 숲속에 눈펄처럼 흩날리는 흰나비 떼 속에서 연신 탄성을 내지를 수밖에 없었다.

이 뜻하지 않은 원시림과 흰나비 떼는 나에게 생명에 대한 그리움과 야성을 일순에 불러일으키고 말았다. 더구나 줄줄이 낳아 놓은 자식들을 거느리고 길가에 서서 손을 흔드는 건강한 다산多産의 어머니와 그 아이들의 모습은 맨발의 가난쯤은 덮고도 남을 만큼 푸르렀다. 그대로가 순연한 자연이어서 부럽고 눈부셨다.

그 풍성한 여인을 만난 것은 밀림 끝에 있는 작은 마을에서였다. 마을에 들어서자 제일 먼저 눈에 띄는 것은 평화롭게 돌아다니는 돼지와 거위들이었다. 아이들은 해먹에 누워 구름을 세며 놀고 있었다.

여인은 그 속에서 여사제처럼 큰 몸집을 하고 마당 한켠에 있는 말구유에 상체를 거꾸로 들이밀고 머리를 감고 있었다.

풍성한 허리, 자연스럽게 출렁이는 젖가슴, 햇볕에 그을린 피부, 일찍이 이보다 더 당당하고 아름다운 여성을 나는 본 적이 없었다. 신화 속의 대지모大地母 같기도 했지만, 그보다는 우리 옛 어머니들의 모습이어서 정말 친근하고 자연스러웠다.

선뜻 말문을 못 열고 그녀가 머리 감는 모습을 바라보고 있다가 나는 그만 왈칵 눈물을 흘리고 말았다. 그동안 무언가 참으로 소중한 것을 잃어버렸구나 하는 쓰라린 자괴감이 전신을 흔들었다.

물질문명의 산물인 유명상표가 달린 블루진 바지를 세련된 듯 입고 있었고 그럴듯한 선글라스와 최신 휴대폰을 들고 있었지만 이 너덜거리는 문명의 옷가지를 걸치기 위해 싱싱한 생명력과 자유를 잃어버린 것은 아닐까.

숲과 사람과 예쁜 짐승들과 돌멩이까지도 얼굴에 태양을 새긴 채 웃고 있는 이 신성한 유토피아에서 나는 아프게 입술을 깨밀었다.

공해와 환경 호르몬으로 인하여 오늘날 현격히 줄어들고 있는 정자 수와 수정 능력의 감소 수치는 접어두고라도 겨우 태어난 우리 아이들이 사람의 젖이 아닌 소의 젖을 먹고 자라고 있는 현실과 그 아이들의 누우런 얼굴들이 떠올랐다.

자본주의 상인이 만든 저울과 줄자에 맞는 몸매를 만들기 위해 온갖 방식으로 육체를 억압하는 화장 짙은 도시 여자들의 생기 없고 마른 모습도 떠올랐다.

어느 곳이 진정한 문명 도시요, 어느 곳이 야만의 정글일까.

푸른 숲 대신 괴물 같은 아파트의 밀림 속에서 흉기가 되기 일쑤인 자동차의 홍수에 떠밀리며 허겁지겁 살고 있는 도시는 혹시 슬픈 노예선이 아닐까.

정력을 위해서라면 뱀은 물론 구더기나 지렁이까지도 잡아먹는 남자들과, 외형의 미를 위해 밤낮으로 허리를 조이고 얼굴에 칼을 대며 몸살을 앓는 여자들이 사는 사회를 우리는 무어라 불러야 할까.

시커먼 도시의 하수구 속에 떠내려가는 콘돔들과 들어내버린 자궁들과 감별 당한 태아들에까지 생각이 미치자 그만 전신에 오한이 일었다.

대지가 꽃을 통해 웃고 있는 창밖을 오래 바라보았다.

공해와 황사 속에서도 어김없이 꽃을 피운 저 흙에다 성자처럼 입술을 갖다 대고 싶었다.

밀림 속의 그 여인처럼 말구유에 빗물을 받아 오래오래 머리를 감는 모습은 진실로 쉽게 만날 수 없는 풍경인가.

지친 영혼과 오염된 흙을 맑게 씻어내는 일 말고 더 급한 일이
무엇이 있을까.

가을이 오기 전
뽀뽈라*로 갈까
돌마다 태양의 얼굴을 새겨놓고
햇살에도 피가 도는 마야의 여자가 되어
검은 머리 길게 땋아 내리고
생긴 대로 끝없이 아이를 낳아볼까
풍성한 다산의 여자들이
초록의 밀림 속에서 죄 없이 천년의 대지가 되는
뽀뽈라로 가서
야자잎에 돌을 얹어 둥지 하나 틀고
나도 밤마다 쑥쑥 아이를 배고
해마다 쑥쑥 아이를 낳아야지

검은 하수구를 타고
콘돔과 감별 당한 태아들과

들어내버린 자궁들이 떼지어 떠내려 가는

뒤숭숭한 도시

저마다 불길한 무기를 숨기고 흔들리는

이 거대한 노예선을 떠나

가을이 오기 전

뽀뽈라로 갈까

맨 먼저 말구유에 빗물을 받아

오래오래 머리를 감고

젖은 머리 그대로

천년 푸르른 자연이 될까

* 멕시코 메리다 밀림 속의 작은 마을 이름

졸시, 「머리 감는 여자」 전문

내 젊은 천재여,
안녕

긴 머리를 풀어헤치고 한 손에는 술병을 들고, 온몸으로 광란의 춤을 추는 그녀의 취한 모습을 신문에서 보며 가슴이 서늘했던 기억이 있다.

불과 열여덟 살 난 소녀가 하루아침에 세계적으로 유명한 작가가 되어 막대한 부와 명성을 동시에 갖게 된다면, 누구라도 결국엔 이런 절망적인 권태와 광기에 사로잡히게 될지도 모른다.

프랑수와즈 사강! 어린 나이에 모든 것을 성취해버린 그녀의 생애는 결코 조용할 수 없었으리라.

그녀는 스피드광이 되어 스포츠카로 고속도로를 질주하는가 하면, 제멋대로 코카인을 찾고, 열렬한 팬인 미테랑 대통령에게 사업자를 소개한 대가로 받은 거액을 세금신고 하지 않은 죄목으로 탈세혐의에 연루되기도 한다.

『슬픔이여, 안녕』이라는 소설로 단번에 세계의 독자들에게 천재 소녀 작가의 깃대를 꽂았던 그녀가 프랑스에서 홀연히 세상을 떠났다는 소식을 들었다.

그녀의 나이가 69세라는 대목에 이르러 이미 소녀가 아닌 할머니였다는 것을 문득 깨닫지만, 사람들의 가슴에 그녀는 영원히 젊은 프랑스 천재 소녀 작가로 남을 것 같다. 그녀는 우리에게 실존 인물이라기보다는 눈부시게 폭발한 하나의 이미지였던 것이다.

그해 가을, 나는 열여덟 살이었고 그리고 진명여고 3학년 학생이었다. 전국 규모의 고교생 백일장에 나가 장원을 도맡아 하는 바람에 제법 주목을 받고 있었다. 거기에다 여고생으로서는 한국 최초라는 화제를 일으키며 백일장 입상작들을 모아 시집을 출판했었다.

그 시집에는 당대 최고의 시인 미당 서정주 선생의 이례적인 서문이 있었다. 물론 『꽃숨』이라는 시집 제목도 아름다운 첫 숨결이라는 뜻으로 미당이 지어준 것이었다.

그즈음 어느 오후, 당시 청와대 옆에 있던 우리 학교로 두 사람의 여기자가 나를 찾아왔다. 『학원』이라는 유일한 학생 잡지에 도전하여 새로 『여학생』이라는 잡지가 창간될 것이라고 했는데 그녀들은 나를 그 잡지에 소개하기 위해 찾아온 것이라고 했다.

그런데 그 화보의 제목이 바로 '사강 지망생'이었다. 그러니까 사강은 그 당시 천부의 재능으로 일약 성공한 소녀 작가의 대명사였던 것이다.

　나는 나의 시집 『꽃숨』을 팔에 끼고 남산으로 올라가 키 큰 소나무에 기대서서 먼 곳에다 시선을 두고 사진을 찍었다. 지금도 그 사진을 보며 실소를 금치 못하는 것은 그 사진 아래 쓰인 기사 때문이다. 장래 희망을 묻는 기자에게 '글을 쓰는 평범한 여성'이 되겠다고 대답을 한 것이다.

　왜 그랬을까. 그때나 지금이나 나는 평범을 모욕이라고 생각하고 있지 않은가. 그 마음을 알았을까, 여기자는 문정희 양은 이미 평범한 소녀가 아닌 것 같다, 라고 썼다.

　그 후 나는 미당 선생님의 주선으로 그분이 재직하고 있는 대학으로 무사히 인양되었다. 소설로 장원에 뽑힌 적도 있었지만 장르의 고민 없이 시인이 된 것은 순전히 미당의 문하에 들어갔기 때문이었다.

　소설가보다 시인을 운명처럼 받아들인 것이다. 소설로 세상을 흔드는 사강 지망생은 그러니까 젊은 날의 한 페이지에 남은 작은 기억일 뿐이었다. 당연히 많은 시간이 오직 시를 위한 각고로 채워졌다.

　그런데 지난해던가, 파리에 갈 때마다 들르는 생 제르맹 데프레에 있는 한 카페에서 문득 나는 한 문자를 발견하고 흠칫 몸을 떨었다. 유명한 작가나 화가들이 앉았던 의자에 그들의 이름이 기념처럼 새겨져 있는 카페 '플로라'에서였다.

피카소, 카뮈, 샤르트르, 보바르…… 그리고 한쪽 의자에서 나는 내 청춘의 한 페이지에 새겨져 있는 프랑수아즈 사강이라는 이름을 발견한 것이다.

훅 하니 그녀가 아니, 내 젊은 날의 기억이 밀려왔다.

나는 그때 이 땅의 부자유와 제도적 삶에 대하여, 진부하게 낡아가는 나 자신에 대하여 견딜 수 없는 피로와 염증을 느끼고 있었다.

나는 그녀가 앉았던 의자에 앉았다.

자유로운 삶이란 무엇일까? 진정 자유란 무엇일까. 기회 있을 때마다 작가가 섭취해야 할 오직 한 가지의 음식이 있다면 그것은 고독이요, 오직 한 가지의 공기가 있다면 자유라고 강변하고 있었지만 나는 진실로 스스로에게 물어보았다.

나의 삶은 누구보다 부자유했고, 나의 문학 환경은 누구보다 산만했었다.

"남에게 피해를 주지 않는 한 나는 나를 파괴할 권리가 있다."

사강의 말이 아프게 나의 뇌리를 스쳤다.

재즈와 위스키를 좋아하던 사강, 전후戰後세대 청춘의 한 모습을 그린 작가로 많은 자유를 누렸지만, 그 자신이 또한 폭발적인 등장을 함으로써 또 하나의 우상의 감옥에 갇힌 슬픈 새였다.

그녀를 둘러싼 화려한 화제 때문에 오히려 그녀의 작품이 본격적인 논의에서 소외되었던 적도 있었다.

무려 40편의 소설을 썼고, 희곡을 썼으며 그녀의 작품들은 22개 언어로 번역되어 200만 권 이상 팔려나갔지만 그녀는 언제나 화제에 의존한 인기작가의 대접만 받고 말았던 것 같다.

시라크 대통령은 "사강은 여성의 위상을 높이는 데 기여했다. 프랑스는 가장 훌륭하고 감수성 강한 작가 중 한 사람을 잃었다"고 고인을 추모했다 한다.

젊은 날, 나의 한 표상이었던 사강, 나는 그녀가 앉았던 의자에 앉아 늘 푸른 소나무에 등을 기대고 서서 먼 하늘을 응시하던 한 소녀를 그리워했다.

그때 여기자는 그 소녀의 이름 앞에 천재라는 말이 첨가된다고 써주었지만 그 사진 속의 소녀는 다행스럽게도, 정말이지 다행스럽게도 결국 이렇게 평범하게 늙어가고 있다.

에스프레소 한 잔을 마신 후 나는 사강의 자리에서 몸을 일으켰다.

내 젊은 천재여, 안녕.

오늘보다 더 젊은 나는 없다

최근에 본 영화의 한 장면이다. 반백의 노신사가 요람의 아기에게 이런 대사를 읊는 것을 보았다.

"내가 너의 미래란다." 순간 나는 조금 당황했다.

눈부신 새 아기의 미래가 저 초로의 남자라니…… 그보다는 아기에게 "네가 우리의 미래란다"라고 말해야 하는 것이 아닐까.

하지만 노신사의 대사는 결코 부인할 수 없는 가혹한 사실이었다. 더 말할 필요조차 없이 인간은 누구나 하루하루 나이가 들어 결국에는 노인이 되는 것이니까.

늦더위가 꺾이고 가을바람이 불면 곧 세상의 나뭇잎들은 붉게 물들게 마련이다. "모든 시간은 다 새것이다"라는 생각을 하고 살아가고 있지만, 지난여름의 뜨거운 시간과 서늘한 가을의 시간이 확실히 다르다.

이처럼 모든 시간은 새것이면서도 모든 나이가 같을 수는 없을

것이다. 하지만 꼭 뜨거운 여름의 시간이 서늘한 가을보다, 혹은
춥고 하얀 겨울의 시간보다 더 좋은 것이라고 말할 수는 없을 것
이다.

　문학작품 심사를 마치고 잠시 담소를 나누는 자리였다. 문단의
원로 한 분이 웃음을 띠며 나에게 말했다.
　"처음 신인상 받은 모습이 엊그제 같은데 이제는 함께 앉아 심
사를 하다니 참 세월이 빠르군요."
　그리고는 다소 머뭇거리는 목소리로 나의 나이를 묻는 것이었
다. 그분에 비해서는 물론 젊지만 결코 젊다고 할 수 없는 내 나이
를 말씀드렸더니 그분은 대뜸 감탄을 토하며 이런 말씀을 하시는
것이 아닌가.
　"아, 아직 젊다! 참 눈부신 나이군!"
　나는 기쁘기보다는 속으로 조금 어색했다. 나는 나의 나이를
눈부시기는커녕 마치 초가을처럼 쓸쓸한 나이라고 생각하고 있
었기 때문이었다.
　누구든 지나온 나이는 이렇듯 아름답게 느껴지는지도 모를 일
이었다. 그분은 이어서 진심어린 목소리로 이렇게 말을 이어갔다.
　"내가 후회스러운 것이 있다면 당신의 나이에 내가 이미 늙었다
고 착각한 것입니다. 아직도 충분히 젊은 나이입니다. 망설이지 마
시고 무어든 하세요. 그것 하나를 분명하게 가르쳐주고 싶군요."

그러고 보니 그 옛날 30대 중반에 만난 한 선배가 했던 말이 문득 떠올랐다.

"아이구, 호랑이 눈썹도 뽑을 나이구나!"

그때 나는 호랑이 눈썹을 뽑기는커녕 젊음마저 서서히 잃어가고 있으며 심지어 호랑이에게 물릴까봐 두려워하고 있던 때였다.

봄의 햇살이 녹음을 만들고 여름의 햇살이 과육을 키웠다면 가을의 햇살은 그 과육에 단맛을 듬뿍 배게 하는 것 같다.

분명한 것 한 가지는 생애를 통하여 오늘보다 더 젊은 나는 없다는 것이다. 우리가 슬퍼해야 할 것이 있다면, 그것은 하루하루 나이가 들어간다는 사실이 아니라, 바로 나이의 수치만큼 정신이 함께 성숙하지 못한다는 것인지도 모른다.

이제 사랑 얘기를 할
때가 되었다

사랑을 글로 쓰려고 하니 슬며시 화가 난다. 사랑은 글로 쓰는 것이 아니라 실재하는 것이기 때문이다.

사랑은 불꽃같은 시간이 흐른 후 추억으로 완성되는 한 폭의 풍경화이다. 사랑은 곁에 왔을 때는 기쁘고 고통스럽게 허둥거리다가 지나가버린 후에야 비로소 그 진정한 가치를 깨닫는다는 점에서 젊음의 본질과도 많이 닮아 있다.

사랑은 인간이 숨을 쉬며 사는 동안, 한시도 멈출 수 없는 호흡 같은 것이 아닐까. 무릇 모든 인간의 역사는 사랑으로부터 시작되었고, 모든 위대한 예술의 모태 또한 바로 사랑으로부터 비롯되었음을 수긍하게 된다.

최근 한 유명감독은 그의 100번째 영화를 크랭크인하면서 "이제 사랑 얘기를 할 나이가 됐다"고 했다. 이제? 나는 노감독의 입에서 나온 이제라는 말이 참 좋았다. 풋내가 싹 가신 완숙하고 절절한 사랑의 진수가 그의 손에서 태어날 것 같아 기대가 되었다.

또한 비디오 아티스트 백남준 씨도 타계하기 전, 부자유한 몸을 휠체어에 맡긴 채 마지막 인터뷰에 응하면서 지금 가장 하고 싶은 것이 무엇이냐는 기자의 질문에 조금도 주저없이 "연애!"라고 대답했다.

기자가 지지 않고 다시 물었다.

"그동안 많이 하셨잖아요?"

"연애는 해도 자꾸 더 하고 싶은 것이 연애야."

그때 그 인터뷰를 읽는 순간 나는 즉시 마케도니아행 비행기표를 예약했었다.

그곳 테토보에서 곧 세계 시인들의 페스티발이 열릴 예정이었고, 나는 초대장을 들고 그 참석여부를 두고 몹시 망설이던 중이었다.

나는 거침없이 그곳으로 가기로 결심했다. 생의 순간을 아낌없이 사랑하고 싶었던 것이다.

동서고금을 통하여 모두가 한결같이 예찬하는 인생의 최고 가치인 사랑의 본질은 무엇일까. 감정의 한 오라기를 만지작거리다가 저만치 물러서버리는 그런 사랑이 아니라, 면도날로 한 획을 그어 다만 흠집을 남기는 사랑이 아니라, 인간의 정신사 속에 깊은 의미를 축복처럼 남기는 그런 사랑을 진정한 사랑이라고 말하고 싶었다. 그리고 그것이 불멸의 혼으로 화하는 자리에 빛나는 언어의 꽃을 피우는 그런 시인이 되고 싶었다.

아련한 차원의 정서로 손쉽게 호소하는 유행가 속의 사랑을 나무라고 싶지는 않지만, 진정한 차원의 사랑, 보석 같은 차원으로 승화된 사랑은 흔치 않다. 그러므로 더욱 생의 열정에서 분출되는 그런 완전하고 아름다운 사랑 앞에 나의 생애는 무릎을 꿇고 싶은 것이다.

하지만 사랑은 불꽃이므로 얼마 후면 반드시 재를 남기고 사라진다. 이렇듯 사랑은 유효기간이 짧기에 더욱 눈부시고 아름다운 것인지도 모른다.

"사랑은 말과 피부(여기에서는 특별히 '살' 대신에 '피부'를 쓴다) 그리고 없을 것만 같은 '마음'을 재료로 엮은 건축술이기에, 균열하거나 훼파되기 쉬운 연하디연한 놀이다."

최근에 읽은 『사랑, 그 환상의 물매』라는 책에서 철학자 김영민 교수는 위와 같이 말했다. 그리하여 그는 "이 놀이에 무슨 무거운 본질을 부여하거나 호출하지도 않거니와, 이 연하고 섬세한 짐승 위에 내 무겁고 둔탁한 몸을 의탁하지도 않으려는 편이라는 것이다"라고 했다.

하지만 시인들은 다르다. 시인들은 언제나 기꺼이 사랑을 했고, 슬픈 사랑시를 썼고, 그리고 그때 가장 빛났었다.

오늘 밤 나는 쓸 수 있다. 제일 슬픈 구절들을.

예컨대 이렇게 쓴다 "밤은 별들 총총하고
별들은 푸르고 멀리서 떨고 있다"

밤바람은 공중에서 선회하며 노래한다.

오늘밤 나는 제일 슬픈 구절들을 쓸 수 있다.
나는 그녀를 사랑했고 그녀도 때로는 나를 사랑했다.

파블로 네루다, 「오늘 밤 나는 쓸 수 있다」 중

파블로 네루다의 「오늘 밤 나는 쓸 수 있다」(『스무 편의 사랑의 시와 한 편의 절망의 노래』, 민음사, 정현종 옮김)의 일부이다.

"나는 그녀를 사랑했고 그녀도 때로는 나를 사랑했다." 이 평범한 한 구절이야말로 세상에서 제일 아름다운 사랑의 구절이 아닐까.

노벨상에 빛나는 시인 네루다는 참혹하리만치 아름다운 관능적 사랑을 한 권의 빛나는 시집에다 담았다.

"사랑은 이다지도 짧고, 망각은 그렇게도 길다." 사랑에 혼신을 다하고 그 사랑을 잊지 못해 오래 고통스러워하는 모습은 인간의 모습 중에 가장 아름다운 모습이다.

사랑은 인간 속에 내재한 광맥의 한가운데를 흐르는 샘물이다.

인간은 누구나 생의 덧없음과 시간의 유한성有限性을 알고 있으므로 더욱더 절박한 열정으로 타오르는 사랑을 할 수 있는 것이다. 유효기간이 짧은 것은 기실 인생 자체가 매우 짧은 것이다.

그래서 사랑을 유리병 속에 밀봉해둘까?

나는 이렇게 표현해본 적도 있지만 이 아름다운 가변可變의 꽃은 이 세상 어느 노련한 교사보다도 더욱 노련하게 한 인간을 성숙시키기도 한다.

사랑에 있어 진정한 비극이란 없다고 한다. 제도와 천재지변, 신분과 국적 혹은 그 어떤 것도 진정한 사랑을 파괴하지는 못한다.

사랑은 인간의 생명 속에 살아 있는 가장 뜨거운 생명 자체이다. 사랑을 빙자한 감정의 남발이나, 홀연 불었다가 꺼지는 바람기를 사랑과 혼동하여서는 안 된다.

먼지 속에 피어난 잡초처럼, 흐린 날씨의 진눈깨비처럼, 흐린 사랑을 향해 귀한 생명을 소모하는 것은 너무나 쓸쓸한 일이다.

딸아, 연애를 해라

호랑이 눈썹을 빼고도 남을 그 아름다운 나이에 무엇보다도 연애를 해라.

네가 밤늦도록 책을 읽거나 컴퓨터를 두드리거나 음악을 듣고 있는 모습을 보며 나는 몹시 흐뭇하면서도 한편 안타까움을 금치 못한단다.

그동안 너에게 수없이 독서의 중요성을 강조했다마는, 또한 음악이 주는 그 고양된 영혼의 힘을 사랑해야 한다고 말했다마는, 그러나 책보다 음악보다 컴퓨터보다 훨씬 더 소중하고 아름다운 것은 역시 사람이 사람을 심혈을 기울여 사랑하는 연애가 아니겠느냐.

네가 허덕이는 엄마를 돕겠다는 갸륵한 마음으로 기꺼이 설거지를 하거나 분리된 쓰레기봉지를 들고 나갈 때면 나는 속으로 울컥 화를 내곤 한단다.

딸아! 제발 그 따위 착한 딸을 집어치워라.

그리고 정숙한 학생도 집어치워라. 너는 네 여학교 교실에 붙어 있던 신사임당의 그 우아한 팔자를 행여라도 부러워하거나 이상형으로 삼고 있는 것은 아닐 테지. 혹은 장차 결혼을 생각하며 행여라도 어떤 조건을 염두에 두어 계산을 한다거나 뭔가를 두려워하며 주저하고 망설이는 것은 아닐 테지.

딸아! 너는 결코 그 누구도 아닌 너로서 살기를 바란다. 그런 의미에서 당당하게 필생의 연애에 빠지기 바란다.

연애를 한다고 해서 누구를 카페에서 만나고 함께 극장에 가고 가슴이 두근거리는 그런 종류를 뜻하는 것이 결코 아니라는 것을 알리라. 그런 것은 연애가 아니란다. 사람을 진실로 사귀는 것도 아니란다. 많은 경우의 결혼이 지루하고 불행한 것은 바로 그런 건성 연애를 사랑으로 착각했기 때문이다.

딸아! 진실로 자기의 일을 누구에게도 기대거나 응석 떨지 않는 그 어른의 전 존재로서 먼저 연애를 하기를 바란다.

연애란 사람의 생명 속에 숨어 있는 가장 아름답고 고귀한 푸른 불꽃이 튀어나오는 강렬한 에너지를 말한다. 그 에너지의 힘을 만나보지 못하고 체험해보지 못하고 어떻게 학문에 심취할 것이며 어떻게 자기의 길을 개척할 수 있을 것이냐. 그러나 세상에는 의외로 많은 사람들이 이렇듯 깊고 뜨겁고 순수한 숨결을 내뿜는 야성의 생명성을 제대로 맛보지 못하고 마는 경우가 허다하다.

솔직하게 말 못 할 것도 없다.

나는 아직도 제일의 소원의 하나로 연애를 꿈꾸고 있단다. 오랫동안 시를 써왔지만 그보다 더 오랫동안 수많은 덫과 타성에 걸려서 거짓 정숙성에 사로잡혀 무사하게 살아왔다. 지금까지 대부분의 여성의 삶이라는 것이 그런 범주였다는 것은 너도 잘 알고 있으리라.

딸아! 그래서 하는 말인데 제발 이제부턴 다이어트를 멈추어라.

자본주의 상인의 줄자나 저울에나 맞는 그 나약한 몸으로 21세기를 어떻게 살아내려고 몸무게를 줄이느냐. 날씬한 허리, 균형 잡힌 몸매를 원할 때가 있다면 그것은 건강을 생각할 때 딱 한 가지뿐이다.

땀 흘려 일하고 입을 쩍 벌려서 상추쌈을 먹고 늑대 같은 야성의 힘으로 아이를 낳고 또 사랑을 하는 그런 넘치는 에너지를 가진 여성이 되어라.

탐스럽고 비옥한 대지와 무한한 생산성이야말로 여성의 진정한 힘이요, 미의 원천이란다. 다가오는 세기의 진정 아름다운 여성은 그렇듯 넘치는 야성과 넓고 순수한 힘을 지닌 여성일 것이다.

20세기의 업적의 하나로 남녀차별과 고정관념이 무너진 것을 기억한다면 우리는 이제 말라깽이가 아름답다는 고정관념도 과감히 버려야 한다.

얼굴이 검은 여자도 아름답고 뚱뚱한 여자도 아름답다는 생각을 해보아라. 얼마나 시원하고 편하고 멋있느냐.

몸이란 원래 그 자체의 음악을 가지고 있다지 않니? 자신의 몸을 자본주의 상인들이 만든 유치한 옷걸이로 전락시키거나 짧은 수명의 유행상품으로 변장시킨 줄도 모르고 끝없이 몰려다니는 가련한 미인군이나 막무가내의 소비의 인질들이 되어서는 안 된다.

딸아! 지금 우리가 살고 있는 세기는 틀림없이 여성의 세기가 될 거라고 한다.

어서 네 가슴속 깊이 숨 쉬고 있는 야성의 불인 늑대archetype를 깨워라. 그리고 하늘이 흔들릴 정도로 포효하며 열정을 다해 연애를 하거라.

사랑은 뜻밖에도 고통의 감각으로 다가든다. 그리고 첫눈처럼 나를 둘러싼 도시와 골목들을 눈부시게 만들고 어느 날 가뭇없이 사라져버린다.

멀리 런던에서 한 작가가 타계했다는 소식은 깊이 잊고 있던 어떤 감정 하나를 생생하게 깨워놓았다. 고양이처럼 아픈 신음소리를 내며 일어서는 감정, 그것은 눈이 녹고 그 실체를 드러낸 현실처럼 앙상하기만 한 나의 마음을 잠시 촉촉하게 적셔주었다.

반복할 수 없어 더욱 아름다운 우리들 청춘의 한가운데, 에릭 시걸의 『러브 스토리』는 배경음악처럼 깔려 있었던 것 같다.

그 작가를 특별히 문학의 범주에서 기억한 적도 없고, 그 소설 또한 영어공부를 위해 한쪽에 원문이 붙은 책으로 읽었던 기억만 남아 있을 뿐인데도 그 소설과 영화의 장면들은 나의 젊은 감수성 속을 떠도는 어떤 음유시였음에 틀림없다.

"스물다섯의 나이로 죽어간 그녀에 대해 무어라 말할 수 있을까? 그녀는 아름답고 영리했으며 모차르트와 바흐와 비틀즈를 그리고 나를 사랑했다."

이렇게 시작되는 소설은 가난한 아버지를 가진 처녀와 부잣집 아들, 그 둘 사이를 백혈병이라는 장치로 갈라놓음으로써 사랑의 유한성을 더욱 가열시키고 운명으로 만들어버리는 전형적인 신파구조의 소설이다.

기실 인생은 다소 신파를 포함하고 있다는 것을 그때 미처 알지 못했는데도 하버드 캠퍼스의 활력과 뉴욕 센트럴파크에서의 눈싸움과 감미로운 영화음악만으로도 그 스토리는 내 청춘의 배경에 떠워진 꿈의 신기루였음에 틀림없다.

그해 겨울날, 우리는 그 영화를 보고 나와 한참을 걸었던 기억이 난다.

"사랑은 미안하다는 말을 하지 않는 것"이라는 대사의 여운은 생각보다 커서 종로인지 동숭동인지 어디쯤에 있는 석벽을 뚫어 만든 카페 '알타미라'에 당도할 때까지 서로 입을 열지 않았다.

'알타미라'는 동굴처럼 깊고 아늑했지만, 천장에 걸린 알전구의 불빛이 누추한 젊음을 낱낱이 투사하여 눈이 부시었다.

그리고 그날 밤, 다시 거리로 나왔을 때 우리는 탄성처럼 흰 눈이 내리는 것을 보고 말았다. 폭설은 순식간에 세상을 백색으로 뒤덮어버렸다. 누가 먼저랄 것도 없이 눈을 뭉쳐 서로를 향해 던지기 시작했다. 겉으로는 눈싸움이었지만 〈러브 스토리〉 탓인지 눈뭉치는 어떤 고백보다 강렬한 고백으로 서로를 강타했다. 그날 밤처럼 아름다운 눈뭉치는 그 후로는 다시 만나기 어려웠다.

몇 년 전에 뉴욕에 가서 혼자 센트럴 파크를 걸었다. 물론 눈 내리는 날이었다. 사랑의 선율 속에 눈뭉치를 던지던 올리버와 제니는 어디로 갔을까.

오만한 뉴요커들이 곁눈조차 주지 않고 조깅을 하고 있는 공원 숲속에 지난 가을 낙엽들이 기억처럼 썩어가고 있었다. 그 사이를 더러운 도시 쥐들이 먹이를 찾아 절름거리며 뛰어다니고 있었다.

나는 비로소 내 청춘의 물안개가 완전히 걷혔음을 확인했다.

한겨울 광화문 교보 글판에 붙었던 시구가 있다. 십수 년 전 내가 청춘의 직설어법으로 쓴 「겨울 사랑」이라는 시이다. 그 후, 이 시구는 어느 유명 백화점 앞 은행 건물의 벽에도 붙었고 또 눈이 많이 오는 강원도 어느 시청 건물에도 붙었었다.

눈송이처럼 가서 만나고 싶은 이 시 속의 너는 누구였을까?

그것은 반복할 수 없는 내 청춘의 열정! 그를 목메어 부르는 소리가 아닐까.

눈송이처럼 너에게 가고 싶다

머뭇거리지 말고

서성대지 말고

숨기지 말고

그냥 네 하얀 생애 속에 뛰어들어

따스한 겨울이 되고 싶다

천년 백설이 되고 싶다

졸시, 「겨울 사랑」 전문

눈송이처럼 너에게 가고 싶다

엄마가 외쳤다

초록 누비이불을 펼쳐놓은 듯한 녹차 밭으로 유명한 보성이 나의 고향이다. 사실 판소리 서편제가 '보성소리'임을 먼저 자랑하고 싶기도 하다.

얼마 전 고향에서 특강요청이 있어 내려갔다. 정말 오랜만에 고향에 가게 되었다. 광주 공항까지 나를 마중 나온 분은 문학을 아주 사랑하는 분이었다.

나는 그분에게 특별히 청을 하여 내가 초등학교 1학년까지 다녔던 산 넘고 재를 넘어야 갈 수 있는 산골 초등학교를 잠깐 들르기로 했다. 길이 잘 뚫린 탓인지 어렵지 않게 나를 태운 자동차는 그 학교 교문 앞에 닿았다. 실로 사십여 년 만이었다.

학교는 거짓말처럼 그대로 있었다. 가슴이 벅찼다. 복도를 기웃거릴 때 교실마다 잘 갖추어진 컴퓨터들이 그동안의 시간과 문명의 변화를 대변했다.

망연히 운동장을 바라다보았다. 만국기가 펄럭이던 운동장, 풍금을 잘 치던 여선생님, 그리고 하늘로 날아가던 무수한 풍선들이 떠올랐다.

그런데 이게 웬일인가. 운동장 한쪽 낮은 소나무 언덕에서 환상처럼 나의 어머니가 춤을 추며 이쪽으로 걸어오는 것이 보였다.

어머니가 돌아가신 지 벌써 20년이 되었는데…… 그 순간 나는 더 버티지 못하고 흘러내리는 눈물을 자꾸 훔칠 수밖에 없었다.

나의 기억은 초등학교 입학하기 전해의 운동회 날로 이어졌다. 어머니와 나는 내년에 입학이 예정된 어린이로 초청되어 운동회에 참석했었다. 아니, 그때의 운동회는 온 마을의 축제였다. 더구나 아버지는 유지가 아니었던가.

나는 꼬마들을 위한 밤 따먹기에 출전했다. 실에다 밤을 매달아 놓고 아이들이 입으로 그것을 따먹는 게임이었다.

그런데 정말 터무니없는 일이 일어났다. 아직 입학은 못 했지만 이미 학령기를 훌쩍 넘겨버린 키 큰 아이들이 뛰어나가 순식간에 모든 밤들을 잽싸게 낚아채 가버렸다.

나는 울 듯이 서 있다가 누군가의 발아래 굴러다니는 밤 한 톨을 겨우 주웠다. 밤과 밤 사이에 끼어 있는 쭉정이 밤이었다. 나는 그것을 엄마에게 가지고 갔다.

그런데 문제는 또 거기에서 일어났다. 평소에 점잖기만 한 어머니가 갑자기 춤을 추시며 "이것 봐라. 우리 새끼 알밤 주워왔다!"
고 소리를 지르는 것이었다. 어린 마음에 어찌나 창피하고 부끄러
운지 어디론가 깊이 사라져버리고 싶었다.

어머니의 이 춤과 노래는 그 이후에도 30년도 더 넘게 계속되었
다. 마지막 숨 거두시는 순간까지도 내가 하는 일을 모두 알밤이라
고 우겨주시며 언제나 나를 위해 박수를 쳐주시었다.

나는 돌아와 이 시를 썼다. 쓰면서 가족 몰래 얼마나 울었던지
목이 잠길 지경이었다.

　　내 어머니는 분명 한쪽 눈이 먼 분이셨다

　　어릴 적 운동회 날, 실에 매단 밤 따먹기에 나가

　　알밤은 키 큰 아이들이 모두 따가고

　　쭉정이 밤 한 톨 겨우 주워온 나를

　　이것 봐라, 알밤 주워왔다! 고 외치던 어머니는

　　분명 한쪽 눈이 깊숙이 먼 분이셨다

　　어머니의 노래는 그 이후에도

　　30년도 더 넘게 계속되었다

　　마지막 숨 거두시는 그 순간까지도

　　예나 지금이나 쭉정이 밤 한 톨

　　남의 발밑에서 겨우 주워오는

　　내 손목 치켜세우며

　　이것 봐라, 내 새끼 알밤 주워왔다! 고

　　사방에 대고 자랑하셨다

졸시, 「밤(栗) 이야기」 전문

　나는 아직도 내가 세상에 나와 처음 입었던 내 배냇저고리를 가지고 있다. 이 시를 쓰며 손바닥만 한 그 옷을 꺼내보았다. 그리고 어머니가 몸이 약해서 일찍 죽으면 나 발 시릴까봐 만들어놓은 수십 켤레의 버선들도 꺼내보았다.

　이 시가 시집에 실렸을 때 미국에 사는 오빠에게서 장문의 편지가 왔다. 「밤 이야기」를 읽으며 어머니가 눈에 그린 듯이 떠올라 체면 불구하고 울었다는 내용이었다. 유난히 엘리트였던 오빠는 어머니의 최대의 자랑이었다.

　오빠와 나를 키운 것은 어머니의 이 두려울 만큼 무서운 사랑과 칭찬의 힘이었음을 우리는 확실히 알고 있다.

　지금도 가장 힘든 순간에 나는 "엄마!"를 부른다.

　지난 해 뉴욕 작가촌에 있을 때 갑자기 시작된 코피가 사흘을 멈추지 않았다. 낯선 타국에서 중병이 들었나 하는 생각과 모처럼 얻은 기회를 병으로 중단할 수도 있구나 하는 열패감으로 몹시 괴로웠다.

나는 한밤중에 달을 보며 "엄마, 나 아파!"라고 말했다.

엄마가 말했다. "걱정 마라. 너는 알밤을 주웠다!"

그리고 보니 나의 어머니는 결코 돌아가신 것이 아니었다.

불, 맨몸

"자유와 고독!"

이곳에 올 때 트렁크 속에 무엇을 넣어가지고 왔느냐는 한 외국 작가의 질문에 나는 이같이 짧게 대답했다.

실제로 그때 미국 아이오와 대학에서의 3개월 동안은 넘치는 자유와 고독으로 충만한 시인의 삶, 그 자체였다.

세계의 서른다섯 나라에서 온 작가들과 함께 가을과 겨울을 나는 그곳에서 살았었다. 인간의 삶 속에서 의무는 제거해버리고 권리만 누린 것 같은 그런 꿈같은 시간이었다.

그 후 나는 그곳에서의 감동과 흥분을 밤을 새워가며 글로 썼고, 그리고 그 책의 서문에다 이 글을 쓰기 위해 762잔의 커피를 마셨다고 고백했던 기억도 새롭다.

762잔의 커피……? 기실 커피를 마실 때마다 그 잔의 수를 세 본 것은 아니지만 그 글을 쓰는 동안의 나의 배경 속에는 유난히 짙은 커피 향내 같은 것이 진동했던 것은 사실이다.

첫눈이 내린 날이었다. 마치 영화 속 당돌한 여배우에게 일어난 일 같은 그런 기막힌 일이 나에게 일어났다.

그때 나의 룸메이트는 쉘른이었다. 서른을 갓 넘긴 미국 여자였다. 방은 따로지만 부엌과 화장실을 나누어 쓰는 구조이기 때문에 정확히 표현하자면 기숙사메이트라고 해야 할 것이다.

그녀는 작가들 중의 한 사람이 아니라 연극과의 대사 전문 계약직 교수였다. 필라델피아에 약혼자를 두고 온 탓인지 몹시 외로워했다. 강의가 없는 시간에는 퀼트 수를 놓으며 꿈을 꾸는 듯한 푸른 눈으로 한적한 아이오와를 견디어냈다.

곧 겨울방학이 시작될 무렵이었다. 아직 붉은 단풍잎들 위로 첫눈이 소복이 내린 날 아침이었다. 갑자기 울려대는 화제 경보음 때문에 기숙사 전체가 온통 긴급대피를 해야 하는 일이 벌어졌다.

샤워를 하다 말고 전신에 물이 뚝뚝 흐르는 채로 나는 겨우 맨몸 위에 롱코트 하나만을 걸치고 복도 끝에 있는 계단으로 달려나갔다. 비상계단은 각방에서 쏟아져 나온 학생들과 작가들로 벌써 만원이었다.

다행히 나의 롱코트 속의 사정은 아무도 눈치 채지 못하는 것 같았다. 아니 다른 사람들의 몰골도 엉망이었다. 신발도 제대로 꿰지 못한 채로 계단을 내려가는 이도 있었다.

기숙사 건물 밖은 마른 풀이 우거진 추운 벌판이었다.

그동안 이런 불 소동은 잠시 후면 어이없이 끝이 나곤 했으므로 모두는 덜덜 떨면서 기숙사 건물을 올려다보고 서 있었다.

연기가 치솟는 곳은 없는 것 같았지만 소방차는 앵앵 소리를 내며 건물 주위를 쉽게 떠나지 않았다. 몸이 파랗게 얼어가는 것도 문제지만, 책상 서랍 속에 두고 온 여권과, 시작노트들을 꺼내오지 않은 것이 마음에 걸렸다.

그때 저쪽에서 누군가 파란 자동차를 몰고 내 쪽으로 왔다. 뜻밖에 쉘른의 차였다. 그녀가 필라델피아에서 이곳 아이오와까지 무려 17시간을 홀로 몰고 왔다는 그 캠리였다.

"정희, 우리 뜨거운 커피 마시러 가자."

그녀의 말은 구원의 복음처럼 반가웠다.

그 순간 나는 여권이 타버리더라도, 혹은 시작노트가 다 사라지는 일이 있더라도 당연히 그녀를 따라 커피를 마시러 가야 할 것 같았다.

쉘른이 자동차로 안내한 카페는 오리들이 한유하게 떠 있는 아이오와 호수 부근 오래된 석교 옆에 있었다.

큰 머그에 담겨온 뜨거운 커피는 향기로웠다. 맨몸 위에 롱코트를 걸치고(나는 지금 맨몸을 알몸이라고 쓰고 싶은 유혹을 참는다) 마시는 아침 커피……

그 순간만은 세상이 참 아름답다는 것을 확실히 확인했다. 시간은 이런 식으로도 어떤 겉껍질을 벗겨내는 것 같았다.

평소에 실용주의적인 미국문화에 대해 다소의 저항감을 가지고 있던 나였지만 정말 그 순간만은 실용주의의 상징인 그 머그잔의 간편함마저도 한없이 넉넉하고 좋았다.

따스하고 향기로운 커피에 갓 구운 베이글을 함께 곁들이고 나니 온몸이 녹았다. 불에 쫓겨 물이 뚝뚝 흐르는 머리로 마신 겨울 아침의 커피 한 잔은 분명 천국의 일부임에 틀림없었다.

소방차가 소리를 내고 있는 불난 기숙사도 잊어버리고, 심지어 속옷도 없이 코트만 걸친 맨몸의 감촉마저도 너무 좋아서 해가 중천에 오는 줄도 모르고 커피 시간을 즐겼다.

거의 정오가 다 되어서야 기숙사로 돌아와보니 언제 그랬냐는 듯이 소방차는 허탕을 치고 돌아가고, 방 안에는 유난히 반짝이는 햇살이 평화롭게 찰랑이고 있었다.

나의 가장 소중한 재산인 시작노트들과 서울로 돌아갈 여권이 햇살을 듬뿍 받고 있었다.

1

나의 신은 나입니다. 이 가을날
내가 가진 모든 언어로
내가 나의 신입니다
별과 별 사이
너와 나 사이 가을이 왔습니다
맨 처음 신이 가지고 온 검으로
자르고 잘라서
모든 것은 홀로 빛납니다
저 낱낱이 하나인 새들
저 잎과 저 새를

언어로 옮기는 일이

시를 쓰는 일이, 이 가을

산을 옮기는 일만큼 힘이 듭니다

저 하나로 완성입니다

새 별 꽃 잎 산 옷 밥 집 땅 피 몸 물 불 꿈 섬

그리고 너 나

이미 한 편의 시입니다

비로소 내가 나의 신입니다. 이 가을날

졸시, 「사람의 가을」 전문

뉴욕주 북쪽에 있는 창작촌 '아트 오마이'에서 어느 해 가을에 쓴 시이다.

외딴 집 세 채가 오도카니 서 있는 숲 언덕에 나를 내려놓고 돌아서는 닥터 서와 김선생 내외의 뒷모습을 바라보며 나는 가슴이 빠개어지는 아픔에 몸을 가눌 수가 없었다.

해질녘의 이 정경…… 아무도 없는 곳에 혼자 버려진 이 비통한 고통. 나는 빈방으로 돌아와 소리 없이 흐느끼다가 이를 악물고 일어섰다. 그래 이렇게 나는 다시 던져졌다. 아니 이번에는 스스로 내가 나를 내다버렸다.

나는 살아야 한다. 나는 그렇게 거기 유폐되었다.

그리고 몇 주 후 나는 적막과 고독에 지쳐서 찬란한 코피를 흘렸다. 가공할 코피는 나흘이 지나도 멈추지 않았다. 코피가 아니라 공포였고 그것은 가파른 죽음의 그림자였다.

코피 속에 나의 전 존재가 하나의 몸뚱이가 되어 내게 돌아왔다. 화두? 그보다는 "세상에 시 쓰다가 죽는 수도 있구나." 그런 생각이 절박하게 들었다.

아니었다. 사람들은 나를 "문"이라 불렀다. 나는 문文이며 문門이며 문Moon이었다.

코피로 인해 나는 언어言語로 귀환했고, 동시에 언어로부터 떠났다. 처음으로 언어의 허망함에서 놓여났고, 처음으로 어머니에게 배운 나의 말에 감동하고 전율했다.

그동안 생애를 바쳐 천착해온 나의 도구인 한국어가 이 시대 나를 표현하는 용량으로서 다소 미흡하거나 부적할 수 있다는 의구심을 가진 적이 있었다.

하지만 아니었다. 이 외마디의 아름다운 완성을 보라.

새 별 꽃 잎 산 옷 밥 집 땅 피 몸 물 불 꿈 섬 너 나 님 해 달…….

세상 어느 언어가 이리도 한덩이의 별처럼 반짝이는가.

내 눈앞에 한 생명이 그리고 말로 된 대자연이 펼치어졌다. 내가 몸으로서 이렇듯 완성이듯이…… 한 편의 시詩이듯이…… 광활한 세계이고 우주이듯이…… 자연이듯이…….

2

“나는 줄 위에선 용감했지만 땅 위에선 늘 겁쟁이였다.”

〈엘비라 마디간〉이라는 영화를 기억할 것이다. 모차르트의 선율이 반복되는 가운데 덴마크의 아름다운 소녀, 서커스단의 줄광대가 읊은 대사가 바로 이것이다.

시는 나에게 공중에 매단 외줄이었다.

그리고 나는 어린 날부터 지금까지 그 줄을 타는 줄광대였다. 오직 시 속에서 나는 자유로웠고 시 속에서 용감했으며 시 속에서 아름다웠으며 땅에 내려오면 더없이 한심하고 무력한 겁쟁이였다.

그것은 기쁘고도 슬픈 앨버트로스의 운명이 아닐까.

이상과 꿈속을 나는 데는 큰 날개가 필요하지만 정작 지상을 살기에는 터무니없이 큰 날개가 항상 문제였다.

지상에서는 어울리지 않아 걸음걸이마저 뒤뚱거리는 존재, 그리하여 사람들의 조롱의 대상이 되는 존재가 바로 시인이다.

“저 바보 같은 새라니…….”

바로 이 이상한 새가 물질과 속도가 극대화된 지상을 지금 통과해가고 있는 것이다.

그런데 왜 나는 그것을 비극이라거나 불행이라는 이름으로 부르지 않고 축복이라는 이름으로 부르고 있는 것인가.

3

나의 몸 어디를 쥐어짜도 주르르 눈물이 쏟아져 나올 것만 같을 때가 많다.

나는 몰락해가는 토호의 막내딸로 태어나 홀로 열두 살에 유학길에 올랐었다. 그 후 오늘까지도 객지를 떠도는 영원한 떠돌이가 되었다.

마치 목숨을 살려내기 위해 짙푸른 강물에 던져진 바리공주처럼 나는 던져졌고 그때부터 나는 나인 동시에 나의 보호자였다.

나의 어머니가 그녀의 어린 딸을 먼 곳으로 던져버린 것, 그것은 가히 생명을 거는 모험이요, 도전이 아니었을까.

그것은 할아버지와 아버지로 내려오는 유교와의 결별이었고, 할머니에서 어머니로 내려오는 조선의 여자들과의 결별이었고, 죽는 날까지 육체노동에다 코를 박아야 하는 전통 습속의 농경사회로부터의 장엄한 결별이었다.

나는 반드시 여성이라는 타자가 아니어야 했고, 여자라는 육체

의 백성이 아니라 한 사람의 인간으로서 정신의 백성이요, 언어의
족속이 되어야 했다.

그러나 나는 의사가 아니었고 법관도 아니었다.

그동안 내 주위에서는 누구도 가본 적이 없는 이상하고 낯설고
두려운 곳으로 자꾸만 발을 빠뜨리고 있었다.

시간이란, 문학이란 무엇일까.

나의 전 재산은 도처에 깔린 외로움과 고통과 위험이 전부였다.

4

나는 일찍이 이 땅에 남자로 태어나지 못했네

*PK도 아니었고 TK도 아니었고 물론 MK도 아니었지

KS도 못 되었네

3김과도 만난 적이 없지

8·15 후에 태어나

6·25와 4·19와 5·16을 거쳐

10·26과 5·18에 6·29까지 목격했지

그런데 이게 무엇인가

거품과 안개가 혼미했지만

글로벌 시대, IMF라는 이상한 이름 속에

또한 서 있을 줄은 정말 몰랐네

일찍부터 홀로 시인이 되었지만

문협에도 민족작가에도 내 이름이 없었지

나는 오늘 신문을 보고 알았네

내가 그토록 오래 떠돌던 그 골목이

바로 왕따라는 신기한 이름으로 불린다는 것을

골목대장과 어깨들과 패거리를 피해

그냥 홀로 서서 독야청청하고 싶은

그 용기와 축복의 이름이

바로 왕따라는 것을

* PK, TK. MK, KS: 특정 지역과 기득권 및 특혜를 가진 집단을 가리키는 말.

졸시, 「내가 찾은 골목」 전문

나는 일찍부터 획일화의 자손이 아니었다.

나와 나의 시는 당대적인 주류의 경향과 환호에 자유롭기를 바랐다.

나는 혼자 쓰고, 혼자 시인이고 싶었다.

나는 생래적인 아나키였다.

쉬운 일은 없었다. 때로는 허명虛名이 앞질러 가고 때로는 시보다 몸이 앞질러 가고 있었다.

그리하여 나는 많이 떠돌았다. 정신도 떠돌았고 육체도 떠돌았다.

세계의 끝까지 끝의 끝까지 떠돌고 싶었다.

나는 오직 자유와 고독을 갖고 싶었다.

그대 아는가 모르겠다

혼자 흘러와
혼자 무너지는
종소리처럼

온몸이 깨어져도
흔적조차 없는 이 대낮을

울 수도 없는 물결처럼
그 깊이를 살며
혼자 걷는 이 황야를

비가 안 와도

늘 비를 맞아 뼈가 얼어붙는

얼음번개

그대 참으로 아는가 모르겠다

졸시, 「고독」 전문

나는 부질없는 관념과 상투적인 언어와 진부한 이념들로부터 놓여나고 싶었다.

이 세상 어디에도 없는 유일한 존재인 내가 되고 싶었다.

꽉 찬 나와 부족한 나 사이에서 밤마다 시를 쓰고 그리고 그것을 전부로 살고 싶었다.

5

나는 서른 살이 넘어 뉴욕으로 유학을 떠났다. 그리고 그곳에서 처음으로 내 땅을 바라보았다.

가슴에 깊은 상처를 입은 한 마리의 크낙새처럼 화살을 가슴에 꽂고 창공을 날아가는 나의 땅을 바라보았다. 나의 모국어를 생각해보았다.

뉴욕생활 2년은 나에게 눈 하나를 확실하게 안겨다주었다.

그리고 그 후 나는 많은 곳을 여행했다. 많은 사람을 만났다. 이 여행은 물론 정신의 여행을 포함한다. 만남도 그렇다. 뜻밖에도 세상은 참 아름다웠다. 아름답지 못한 것이 있다면 그것은 편견과 욕망들뿐이었다. 약육강식뿐이었다.

나는 세상을 떠돌다가 돌아올 때면 비행기 안에서 이런 기도를 했다.

참으로 넓은 세상을 구경했습니다.
또 많은 사랑과 고통을 알았습니다.
제발, 영혼도 그만큼 더 넓어졌기를……
그리고 책은 언제나 나와 가장 내밀한 혈연을 유지하기를…….

그리고 책은 언제나 나와 가장 내밀한 혈연을 유지하고 있다.

나는 어쩔 수 없이 영원한 문자족文字族의 인간, 나의 조국은 언어이고 나의 모교는 책이었다.

어머니가 강물에 던져버린 바리공주는 용케 살아남아 지금 스스로 성주가 되어 자유로이 살아가고 있다.

6

졸시, 「통행세」 전문

내가 만난 모든 장미에는

가시가 있었다

먹이를 물고 보면 거기에는 또

어김없이 낚시 바늘이 들어 있었다

안락하고 즐거운 나의 집 속에

무덤이 또한 들어 있었다

가족들과 나눠먹은 음식 속에도

하루 하루가 조용히 사라지는

두려운 사약이 섞여 있었다

사랑도 깊이 들어가 보면

짐승이 날뛰고 있었다

가시에 찔리며

낚시 바늘 입에 물고 온몸 파득거리며

내가 가는 길

그래도 나는 시 몇 편을

통행세로 바치고 싶다.

이 시는 나의 아홉째의 시집 『오라, 거짓사랑아』에 나오는 시이다 . 그때 나는 시간의 생생함과 덧없음에 대해 많은 생각을 하고 있었다. 물론 그때나 지금이나 외줄타기도 계속되고 있다. 끝없이 새롭고 두려운 허공 위의 외줄타기를 나는 사랑한다.

곡비哭婢를 자처한 적도 있다. 이 세상 가장 슬픈 사람들의 울음을 천지가 진동하게 대신 울어주는 일종의 무녀巫女가 곡비이다. 그녀의 울음에 꺼져버린 땅 밑으로 떨어지는 무수한 별똥을 주워먹고 사는 허기진 울음 전문가가 시인 아닌가.

"그네의 울음은 언제 그칠 것인가/엉겅퀴 같은 옥례야, 우리 시인의 딸아/너도 어서 전문적으로 우는 법 깨쳐야 하리"라고 나는 나에게 말했었다.

군집을 이루는 작은 참새나 두더지 족속이 아니라 홀로 대평원을 걸어가는 아름다운 맹수를 꿈꾼다고도 했다. 저 대평원을 유유히 걸어가는 밀림의 왕, 그의 고독의 포효만이 살아 있는 밀림을 쩡쩡 울릴 것이기 때문이다.

바로 그런 공간이 나의 삶이며, 나의 시이며, 또한 나의 미래라고 했다. 그러나 나는 그런 모든 생각을 요즘 동시에 지우고, 문득 부정한다.

외줄 타기, 곡비, 앨버트로스, 바리데기, 밀림의 맹수와 고독의 포효…… 그것 또한 뭐란 말인가.

아름다운 몸이 시간 속에서 이렇듯 홀로이 빛나고 있을 뿐이다.

새 별 꽃 잎 산 옷 밥 집 땅 피 몸 물 꿈 섬 너 나…….

오늘까지 나는 먼 길을 홀로 걸어왔다. 또 걸어갈 것이다.

나는 비로소 이런 고백을 한다.

그렇다. 비로소이다.

나는 쓴다. 고로 나는 존재한다.

허공에 매달려야
소리가 난다

봉은사 부근으로 이사를 온 후 새벽마다 울려오는 종소리에 자주 눈을 뜬다. 세상의 무명無明과 무지無知를 깨우려는 듯 종소리는 은은하고 장중하게 울려퍼지곤 한다.

그분을 처음 만난 것은 어느 방송국의 대담 프로그램에서였다. 우리나라에 몇 안 되는 종을 만드는 종장鐘匠이었다.

하지만 그분은 전통문화를 이어가는 명장名匠이라는 칭호를 받는 분이라고 믿어지지 않을 만큼 초라했고, 겸허했으며, 겉으로 보기에도 병세가 극심하다는 것을 알 수 있었다. 말을 할 때면 목소리에 쇳소리가 섞여 나왔고, 호흡이 가빠 자주 숨을 골라야 했다. 평생을 종을 만들면서 생긴 직업병으로 쇠 중독을 극심하게 앓고 있다는 것을 한눈에 짐작할 수 있었다.

큰 종 하나를 만들기 위해서는 몇 천 도의 쇳물을 끓여야 하는데 일단 쇳물을 끓이기 시작하면 곁에서 꼬빡 지켜앉아 밤을 새워야 한다고 했다. 그래야 적정온도를 유지할 수 있다는 것이었다. 그래서 자리를 뜰 수 없어 옷에다 소변을 보는 일도 흔한 일이라고 했다.

이 일화만으로도 그 철저함과 정성을 짐작할 수 있었다. 에밀레종이나 보신각종을 비롯하여 천년을 내려오는 우리나라의 귀중한 종들이 이런 장인들의 손으로 이어져오고 있다는 것을 알 수 있는 대목이기도 했다.

그 후 한 계절이 바뀌기도 전에 나는 우연히 그분의 타계 소식을 들었다. 이제 중년을 조금 넘긴 나이였지만, 가난과 병마에 시달리다가 외로이 세상을 떠난 것이라고 했다. 새삼 그분과 나누었던 여러 말들이 가슴속에서 아프게 맴돌았다.

끓는 쇳물 속에다 어린 딸까지 넣었다는 슬픈 전설을 가지고 있는 그 유명한 에밀레종도 처음에는 소리가 나지 않았을 거라고 했다.

그 종은 무려 60년에 걸쳐 만들었다는 기록이 있지만, 처음에는 종신鐘身 속에 기포氣泡가 많아 헛구멍들이 소리를 다 잡아먹었기 때문에 아주 둔탁한 소리를 냈을지도 모른다는 것이었다. 결국 그 종소리를 완성시킨 것은 시간이었다고 했다.

허공에 매달아두고 해와 달이 바뀌고 그렇게 많은 시간이 흐르면서 헛것들이 서서히 사라지고 작은 구멍들이 자연히 메워져서 드디어 지잉 징! 아름답고 장중한 소리를 내게 되었을 거라고 했다. 그렇게 완성되어가는 시간이 5백 년쯤 걸렸을 것 같다는 그의 말에 나는 큰 감명을 받았었다.

내가 새벽마다 듣는 봉은사 종소리도 저렇듯 은은한 소리가 되기까지 몇 백 년의 햇살과 시간의 힘이 합해진 것임에 틀림없다는 생각이 들었다.

무언가를 간절히 깨우는 것 같기도 하고, 좀 더 장중하고 아름다운 소리의 완성을 위해 깊은 몸부림을 치는 것 같기도 한 저 종을 맨 처음 만든 것은 누구의 손일까.

흔적도 없이 사라지는 지상의 모든 것들이 결코 덧없는 소멸이 아니라는 생각도 들었다.

가쁜 숨결로 쇳물을 끓여 아름다운 종을 만들어 허공에 매달아놓고 이름도 없이 사라져간 그 종장처럼, 이 순간에도 사람들은 오직 자기의 종을 만들기 위해 애를 쓰고 있을 것이다.

진정한 소리의 완성을 위해 시간은 또 헛구멍을 하나씩 메워가고 있을 것이다.

끓는 쇳물 속에 어린 딸을 바치고도
해와 달이 예순 번을 바뀐 후에야
비로소 완성을 보았다는 에밀레종도
처음엔 소리가 없었다네

종신 속에 기포가 많아
헛구멍들이 소리를 다 잡아먹은 거지

그래서 허공에 매달리기
십 년 이십 년 백 년…… 그렇게 바래지기
또 오백년…… 헛것들이 다 사라지고
자연히 구멍이 메워져서, 어느 날
지잉, 징
하늘 땅을 울렸다네

오, 허공에 매달리기 올해 겨우 마흔 해
내 몸 속을 흐르는 바람길 수천 리

졸시, 「소리」 전문

보헤미안과 부르주아

당신은 보보bobo인가? 좀 어울리진 않지만 이런 질문을 스스로에게 던져본다.

보헤미안과 부르주아의 구분이 더 이상 쉽지 않은 시대, 나는 보보 같기도 하고 어쩌면 60년대 자연찬미파인 히피hippy나 그 후에 나타난 여피yuppy에 더 가까운 것 같기도 하다.

겉으로 보면 나는 보보의 취향을 가졌다. 작은 보석이 가득 박힌 큼지막한 스포츠 시계를 차고 검정 니트 스웨터를 즐겨 입고 달리의 초현실과 영화 〈제5원소〉와 마돈나의 자유로운 에너지를 맘껏 발현시키는 장 폴 고티에 식의 실험적인 디자인을 좋아하는 것을 보보라고 한다면 말이다.

기실 나는 성전을 관장하는 제사장처럼 몸을 덮어버리는 큰 머플러를 광적으로 좋아한다.

얼떨결에 얘기를 꺼냈지만 글 쓰는 사람의 외모 이야기는 아무래도 조심스럽기만 하다.

보들레르가 그랬다던가. 지팡이에 다이아몬드를 박아 짚고 다니는 최고의 댄디였다고 한다.

나는 그동안 멋쟁이 시인과 작가들을 여럿 만났다. 사실 그들은 의상이 아니라 영혼이 훤히 드러나는 눈빛으로 나를 먼저 매혹시켰지만 말이다.

작가의 세련미는 해진 소매 끝에서도 느낄 수 있었고, 맨발이나 낡은 블루진에서도 느낄 수 있다. 혹은 카우보이모자에서도 개성과 오만과 품격을 느낄 수 있는 것이다.

그 가운데 시카고의 작은 화실에서 만난 미국시인 리영리만큼 강렬한 이미지를 던져준 시인도 드물다. 좀 과장하자면 그는 황제 율 브리너와 그리니치 빌리지의 건달 말론 브란도의 넋이 환생하여 시인이 되어 돌아온 것 같았다.

현재 그는 미국에서 주목받는 시인 중 한 사람이다. 그의 시집은 뉴욕의 맨해튼이건 캘리포니아의 버클리 앞 서점이건 어김없이 꽂혀 있다.

미국의 공영 도서관 보관용 텔레비전 인터뷰 테이프를 보며 나는 그가 얼마나 멋쟁이이면서 동시에 얼마나 진지하고 깊은 시인인가를 확인했다.

그의 부친은 모택동 주치의였고 스카르노의 의료고문이었으며 나중에 스카르노 치하의 인도네시아 습지에서 구금생활을 한 정치범 의사였다. 그의 가족은 오랜 유랑 끝에 미국으로 건너가 비로소 미국에 정착한 특이한 배경을 가지고 있다.

그래서인지 그의 시는 아버지라는 비범하고 영웅적인 인물에 대한 추억으로 가득 차 있다.

나의 친구인 김원숙의 소개로 리영리를 처음 만난 날 밤, 나는 그에게 영어 인사 대신 공자의 군자삼락君子三樂의 한 구절을 한문으로 써주었다. 그가 미국의 주목받는 시인이지만 동시에 동양인이라는 사실이 몹시 반갑고 흥미로웠기 때문이다.

"有朋自遠 方來 不亦樂乎유붕자원 방래 불역낙호"

"친구가 먼 곳으로부터 찾아왔으니 이 또한 기쁘지 아니한가."

그러나 그는 얼굴을 붉히며 대뜸 사과부터 했다.

"정말 부끄럽습니다." 그는 영어밖에 할 줄 몰랐다.

그리고 그는 보아 에디션에서 출판된 그의 시집 『로즈』를 사인과 함께 나에게 선물했다. 버건디 빛의 『로즈』 표지는 그의 동생인 화가 리린리의 솜씨였다.

리린의 화실에서 우리는 문학과 그림 얘기로 열띤 시간을 보냈다. 리린의 요리에다 우리가 사 들고 간 한국 배를 디저트로 먹으며 마치 전생부터 친했던 친구들 같은 친밀감을 느꼈다.

리린의 그림은 리영의 시처럼 처연한 아름다움이 있었다. 재미있는 것은 이 형제가 미국인 쌍둥이자매를 아내로 한 사람씩 맞이

했다는 것이었다.

리린의 섬세한 분위기에 비해 리영은 검은 터틀 스웨터에 수도사처럼 밀어버린 헤어스타일이 잘 어울렸다. 그가 디자이너 회사에 다닌다는 이력을 새삼 실감하게 해주었다.

그날 우리는 한 대학에서 열린 한국문학세미나를 마친 후여서 자연히 민족적인 것과 토속성에 대해 얘기했었다.

문학이란 제로섬 게임이 아닐 것이다. 흔히 한국적인 것 운운하며 나와 다른 새로운 세계에 대한 열정과 호기심의 미흡을 합리화하는 것을 나는 경계하고 싶다고 말했다.

왼쪽에 있는 소녀가 바로

나였던 때가 있었다.

무릎 사이에 두 손을 꼭 쥐고

움츠러든 채, 위로할 길이 거의 없어 보이는 그 소녀.

그리고 오른쪽에 있는 소녀가 나였던 때도 있었다.

동생을 끌어안고 둥근 어깨에

입을 맞추는 그 소녀였던 때가 있었던 것이다.

어느 때고 항상 두 소녀는

내 안에 살아 있다.

위로하는 자와 위로 받는 자가 되어.

한그루 나무의 자매 가지처럼

나는 아들을 위로하는 아버지이며,

아버지에게 구원의 손길을 뻗치기 위해

세월이 지난 후에 돌아온 아들이기도

하다. 나는 또한 죽은 자들 사이를

걷는 사람이기도 하며,

따뜻한 빵과 우유를 준비하고 집에서

기다리는 사람이기도 하다.

내가 알고 있는 것처럼 누군가가 나를 기다리듯이.

리영리의 시「울고 있는 소녀들」중의 한 대목이다.

지난 해 분쟁지 발칸반도에 있는 아름다운 오흐리드 호수를 몇 몇 시인과 함께 구경하고 있을 때였다. 이 호수는 세계에서 가장 맑은 호수 가운데 하나로 유네스코가 문화유산으로 지정한 호수이다.

그런데 함께 호수를 구경하던 미국의 여성시인 파멜라 우숙과 나는 한 가수를 좋아하는 소녀팬처럼 서로를 공감하고 손을 잡았다. 그것은 우연히 대화를 나누는 가운데 우리 둘 다 리영리의 시와 감각을 좋아한다는 것 때문이었다.

파멜라와 나는 스트루가에 있는 동안 급속도로 가까워졌고 서로 많은 얘기를 나누었다.

그녀의 시집 『사막에서 복숭아 찾기』의 뒤표지에 커다란 개와 함께 찍은 사진을 넣을 정도로 그녀는 대단한 동물애호가였는데 "태평양을 건너 푸른 은하수를 밀치고 나타난 달(나의 이름이 영어로 moon이다)을 만나서 가슴 설렙니다"라는 글을 그녀의 시집에다 써서 나에게 주었다.

시인들은 언어의 장인이지만 또한 감각의 최전선이기도 하다. 어떤 형태로든 시인들은 자기만의 취향과 개성을 내뿜는다.

옷을 가지고 계급을 만드는 유일한 동물이 인간이기도 하다. 옷의 문제를 논하면서 타고난 인간의 옷인 피부의 색깔 문제까지 끌어가면 끝도 없는 얘기가 펼쳐지고도 남을 것이다.

그리고 인간이 서로 가까워지는 데는 설명 못 할 감각과 호흡이 복잡하게 작용하기도 하는 것 같다.

내가 그녀의 어깨를 감싸고 길에 나서면
사람들은 멋있다고 말하지만
나는 그녀의 상처를 덮는 날개입니다
쓰라린 불구를 가리는 붕대입니다
물푸레나무처럼 늘 당당한 그녀에게도
간혹 아랍 여자의 차도르 같은

보호벽이 필요했던 것은 아닐까요

처음엔 보호이지만

결국엔 감옥

어쩌면 어서 던져버려도 좋을

허울인지도 모릅니다

아닙니다. 바람 부는 날이 아니어도

내가 그녀의 어깨를 감싸고 길에 나서면

사람들은 멋있다고 말하지만

미친 황소 앞에 펄럭이는

투우사의 망토처럼

나는 세상을 향해 싸움을 거는

그녀의 깃발입니다

기억처럼 내려앉은 따스한 노을

잊지 못할 어떤 체온입니다

졸시, 「머플러」 전문

천장을 깨고 나오너라,
사랑하는 여자여

이 땅에 피어나는 꽃 소식은 향기와 꽃망울을 터뜨리는 단순한 개화의 소식이 아닌 것 같다.

최근 몇 년간 우리나라 구석구석에서 만개하는 여성의 활약을 보면 언 흙을 밀치고 나와 거친 바람 속에 피어나는 봄꽃의 감동 못지않은 감동을 준다.

오랜 차별의 유리천장glass ceiling을 깨고 나오는 여성들이기에 더욱 기대와 설렘을 주고도 남는 것이다.

그동안 많은 분야에서 여성의 활동이 두드러졌지만 유독 극심한 폐쇄성으로 남성들이 독점해왔던 분야가 정치 분야다. 하지만 그 분야도 그 육중한 철문을 열지 않을 수 없는 시점이 되지 않았나 싶다.

연전에 발표된 UN개발기구 세계 여성지표를 보면 한국의 여성 정치·경제 정책 참여율은 믿기 어렵지만 116개국 중 90위 정도였고, 의회 진출 각료 비율은 최하위었다.

주지하다시피 오늘날 우리의 정치 풍토는 고질적인 대립구도 속에 분열과 진통을 거듭하고 있다. 어디를 찔러보아도 희망보다는 거품이요, 부패의 냄새만 자욱하다.

지역주의에 기생하여 우르르 몰려다니는 저 검은 양복들을 향해 냉소밖에 보낼 것이 없는 이런 상황에서 여성들이 새로운 생명의 불씨를 점화하여 눈부신 꽃을 피워낼 수 있는 기회란 드문 것이었다.

새로운 정치 주역으로 떠오르는 세대가 산업화와 유신체제에서 학창시절을 보낸 얼굴들이어서 그들 남성들과 똑같은 경쟁을 치르고 똑같이 그 현장에서 교육받은 여성들이 함께 어깨를 겨루고 포용과 균형의 축을 이룬다는 것은 정말 당연한 일임에도 너무 많은 벽이 눈앞을 가로막았던 것 또한 현실이었다.

싸움보다는 대화로 의회민주주의 본연의 이상을 실현할 수 있을 때 진정한 여성의 힘도 더욱 커질 것이다.

그동안의 여성 진출은 여성의 역량에서 비롯된 것이 아니라 일과성 행사로 그칠 때가 많았고 구색 맞추기 할당제 얼굴로서의 역할이라는 말도 있었다. 심지어 간택(?)이라는 말도, 승은(?)을 입었다는 소리가 우스개로 공공연히 나돌았던 시대도 있었다.

그때만 하더라도 실로 시대의 변화와 여성의 변화를 제대로 읽지 못한 것이었다. 더구나 오늘날 한국여성의 역량은 이미 그런 한

계를 훨씬 벗어난 것이 사실이다.

어떤 논평들은 또한 여성의 섬세함과 부드러움이 바탕이 되어 유연한 정치를 해달라는 주문을 아직도 하고 있지만 이런 표현 또한 여성을 오랜 고정관념으로 읽어낸 결과가 아닐까 싶다.

여성은 물론 부드럽고 섬세할 수도 있지만, 진정으로 넘치는 힘과 생명력으로 자신의 정책을 확고하게 펼쳐나가는 그런 역할을 할 수 있기 때문이다.

한국정치의 고질적 문제인 뇌물과 부패와 패거리와 지역주의로부터 자유로운 여성의원들은 과거의 정치꾼들이 공염불처럼 강조했던 자유니 민주니 국민의 염원이니 하는 추상적 구호의 남발이 아니라 실질적인 일을 할 수 있을 것이다.

국민의 건강을 걱정하고 국가의 미래인 교육을 설계하고 생명을 저해하는 공해문제나 자원고갈의 심각성을 극복하는 등 그런 정책을 펴줄 수 있다고 믿는 것이다. 사랑하는 가족의 고민을 깊이 걱정하고 함께 풀어가는 그런 야무진 모습을 연상해봐도 좋을 것이다.

결국 분명한 것은 출발은 여성으로 했다 하더라도 신념이나 탁월한 능력이 기본이 되어야 한다는 것이다. 정감이 아니라 논리와 역량으로 풀어나가야 하는 것이다.

특히 정치의 경우, 자신의 분야에서 탁월하던 전문직 여성들이 괜히 국회에 들어가서 구색이나 맞추고 거수기 노릇이나 해서는 절대로 안 될 것이다.

　그동안 여성과 남성을 구별이 아니라 차별로 바라본 것은 잘못된 인습과 권력구조가 낳은 대표적인 왜곡과 편견이었다.

　이 왜곡과 편견이 여성을 수동적 존재로 묶어놓고 남성을 힘과 권력과 지배의 상징으로 만든 것이다. 이번 여성들의 대거 사회진출은 사실은 한참 늦은 감이 있다.

　남성중심을 넘어서서 남성일색의 사회에 이제야 여성이 혜택을 받거나 유보된 권리를 회복한다고 생각해서는 안 된다. 결국 성실한 인간, 능력 있는 인물이기 때문에 한 사람의 몫을 하는 것이다.

　작은 풀뿌리들을 껴안고 봄을 피워내는 저 생명력 넘치는 대지의 힘을 알아야 한다.

남자를 위하여

투옥당한 패장을 양심과 정의에 따라 변호하다가 남근을
잘리는 치욕적인 궁형을 받고도 방대한 역사책『사기』를 써서
인간이란 무엇인가를 규명해낸 사나이를 위한 노래

한국의 시 가운데 이렇게 긴 부제가 붙은 시가 또 있을까. 이 시
의 제목은「사랑하는 사마천 당신에게」이다.

세상의 사나이들은 기둥 하나를
세우기 위해 산다
좀 더 튼튼하고
좀 더 당당하게

시대와 밤을 찌를 수 있는 기둥

그래서 그들은 개고기를 뜯어먹고
해구신을 고아먹고
산삼을 찾아 날마다 허둥거리며
붉은 눈을 번뜩인다

그런데 꼿꼿한 기둥을 자르고
천년을 얻은 사내가 있다
기둥에서 해방되어 비로소
사내가 된 사내가 있다

기둥으로 끌 수 없는
제 눈 속의 불
천년의 역사에다 당겨놓은 방화범이 있다

썰물처럼 공허한 말들이
모두 빠져나간 후에도
오직 살아 있는 그의 목소리
모래처럼 시간의 비늘이 쓸려간 자리에
큼지막하게 찍어놓은 그의 발자국을 본다

천 년 후의 여자 하나

오래 잠 못 들게 하는

멋진 사나이가 여기 있다

빙판처럼 위태하던 정치의 계절이 끝나갈 무렵, 이 땅에 여행 자유화가 실시되어 사람들이 다투어 밖으로 나가기 시작하던 십수 년 전의 일이다.

소위 '철의 장막'과 '죽음의 장막'으로 불리었던 소비에트와 중국이 우리 앞에 거대하고 음험한 몸을 비로소 드러냈던 시절이었다.

나는 소비에트가 아닌 러시아 여행을 다녀온 후, 다시 중국 여행을 계획하고 있었다. 그러나 만리장성이나 천안문 앞에서 기념사진이나 찍고 올 수는 없지 않는가. 그래서 중국을 읽기 시작했다.

젊은 날, 에드가 스노우의 『중국의 붉은 별』을 당시 판금서를 읽는 재미로 읽은 적이 있었다.

그 후 급변하는 중국을 읽고 싶었지만 그것은 괜히 광대하게 느껴져 엄두가 나지 않았다. 그때 손에 쥔 것이 사마천의 『사기史記』였다.

그러나 책을 다 읽기도 전에 저자인 사마천이라는 사람에게 먼저 매혹되고 말았다.

한나라 무제의 태산 봉정에 참가하지 못한 것을 괴로워 하다가 돌아간 아버지와, 흉노족과 싸웠던 이릉장군을 두둔하다가 남근男根을 잘리는 궁형宮刑을 받은 사마천을 통하여 역사란 무엇이며 인간이란 누구인가를 다시 배울 수 있었다.

'고독한 독재자의 위세와 폭력 뒤의 허무한 종말…… 일만 년 중국 역사의 장대한 드라마'라는 표지의 말이 아직도 생생하다. 『사기史記』의 저자 사마천司馬遷은 결국 진정한 기둥을 역사에 세운 위대한 진짜 사나이였다. 역사학자란 일어난 사실을 그저 기록하는 자가 아님을 사마천을 통해서 알게 되기도 하였다.

그즈음이었다. 태국 관광길에 나선 한국 남성들이 정력제로 곰발바닥과 뱀을 삶아 먹었다는 기사가 신문마다 크게 보도되었다.

벌써 천 년 전에 남근男根을 잘리는 궁형宮刑을 감수하며 역사에다 진정한 큰 기둥을 세운 남자가 있는가 하면, 고작해야 남성적 에너지의 강화를 위해 그런 끔찍한 짓을 하는 졸장부들이 있다니…… 무엇보다 그런 남성들과 함께 한 시대를 살다 가야 하는 이 시대 여성으로서의 분노와 불행을 실감하지 않을 수 없었다.

그런 상황에서 한 편의 연애편지처럼 쓴 시가 바로 이 시이다.

그동안 페미니즘을 주제로 쏟아냈던 많은 논의들이 역할에 대한 불합리를 공격하는 것들이어서 그것에 대한 새로운 대안을 모색하고 있던 중이기도 했다.

남성들은 동물적 에너지를 강화하는 데 열중하고 여성들은 외모의 미에 치중하여 성형과 화장품과 다이어트에 열광하는 시대, 그런 남성과 여성이 만드는 사회는 짐승들이 우글거리는 정글이 아니고 무엇이랴.

그렇게 하여 나는 진정한 '생명'의 문제에 눈을 뜨게 되었고 시집 『남자를 위하여』는 그런 맥락으로 만들어진 시집이다.

그 시집에 실린 시 중에서 한 유명한 철학 교수를 비롯하여 남성 시인 몇 분이 좋아하는 「다시 남자를 위하여」는 언어는 격렬하지만 내용은 좀 슬픈 시이다.

　　요새는 왜 사나이를 만나기가 힘들지
　　싱싱하게 몸부림치는
　　가물치처럼 온몸을 던져오는
　　거대한 파도를……

　　몰래 숨어 해치우는
　　누우렇고 나약한 잡것들뿐
　　눈에 띌까, 어슬렁거리는 초라한 잡종들뿐
　　눈부신 야생마는 만나기가 어렵지

　　여권 운동가들이 저지른 일 중에

가장 큰 실수는

바로 세상에서

멋진 잡놈들을 추방해 버린 것은 아닐까

핑계 대기 쉬운 말로 산업사회 탓인가

그들의 빛나는 이빨을 뽑아내고

그들의 거친 머리칼을 솎아내고

그들의 발에 제지의 쇠고리를

채워버린 것은 누구일까

그건 너무 슬픈 일이야

여자들은 누구나 마음속 깊이

야성의 사나이를 만나고 싶어 하는 걸

갈증처럼 바람둥이에게 휘말려

한평생을 던져버리고 싶은걸

안토니우스 시저 그리고

안록산에게 무너진 현종을 봐

그뿐인가, 나폴레옹 너는 뭐며 심지어

돈주앙, 변학도, 그 끝없는 식욕을

여자들이 얼마나 사랑한다는 걸 알고 있어?

그런데 어찌 된 일이야. 요새는
비겁하게 치마 속으로 손을 들이미는
때 묻고 약아빠진 졸개들은 많은데

불꽃을 찾아 온 사막을 헤매이며
검은 눈썹을 태우는
진짜 멋지고 당당한 잡놈은
멸종 위기네

졸시, 「다시 남자를 위하여」 전문

"소녀여, 시인이란 왜 그대들이 고독한지
그것을 말할 수 있기 위해 그대들한테 배우는 사람들이요."
-릴케

2부

“사랑에 은퇴하고 가을 하늘처럼 투명해지면 터키석 반지 사러 터키에 가고 싶다”로 시작하는 시를 쓴 적이 있다.

“어느 슬픔의 바다에서 건져올렸던가, 천년 햇살에도 마르지 않는, 깊은 눈을 가진 여자, 푸른 물소리 출렁이는 터키석 속에서 만나고 싶다”고 이 시는 이어진다.

연전에 쓴 「터키석 반지」라는 시이다. 이 시를 쓸 때 기실 나의 머릿속에는 터키석처럼 아름답고 푸른 몇 사람이 살고 있었다. 그 중 먼저 떠오르는 이미지가 아름다운 터키의 신부 네쉐양이었다.

터키의 시골마을 카달카에서였다. 내가 그곳에 도착한 그날 밤, 네쉐양은 혼례를 치르고 있었다. 터키의 신부는 결혼식 날 밤, 손톱에 크나라는 꽃물을 들이면서 면사포 속에서 맑게 운다고 했다. 나는 그것을 보러 간 것이다.

'많이 울어야 행복해진다'는 풍속에 따라 신부는 그날 밤 손톱에 꽃물을 들이며 면사포 속에서 진저리를 치듯 눈물을 흘렸다. 정말 잊을 수 없는 장면이었다.

많이 울어야 행복해지다니…… 어느 착한 시인의 시구를 연상시키는 이 풍속은 아무리 생각해도 상징적이고 아름다웠다.

흔히 봉숭아꽃물 하면 누님의 손톱을 연상하지만 그것은 우리만의 풍습이 아니라는 것을 확인한 것도 그때였다.

터키는 동서양의 문물이 교차하는 실크로드의 종착지가 아닌가. 오랜 동서의 교류는 문화나 풍속이나 유산도 서로 공유하도록 만들었다는 것을 어렵지 않게 짐작할 수 있는 대목이었다.

신부 네쉐양이 그날 밤 혼례의 마당에서 흘린 눈물은 여름밤의 은하수처럼 나의 기억 속에 아직도 살아 있다.

가령 결혼식과 같은 행복한 의식 속에 눈물이란 어쩌면 사위스러운 것이어서 되도록 피하고 싶은 것이 상례인데 손톱에 붉은 꽃물을 들이면서 신부가 많이 울고, 마을 사람들이 합창을 하며 촛불을 들고 그 눈물을 축하하는 자리는 정말 뭉클할 수밖에 없었다. 인간의 진정한 행복 속에 어찌 눈물이 빠질 수 있겠는가.

양파껍질과 달걀과 올리브유를 섞어 만든다는 크나라는 식물의 꽃즙이 신부의 손톱을 빨갛게 물들여놓고, 얼마 후면 그 손톱에 반달이 떠오르고, 신부의 배도 반달처럼 조금씩 불러올지도 모른다고 생각하니 미소가 저절로 떠오르지 않을 수 없는 일이었다.

그때 만난 또 하나의 잊을 수 없는 신부가 있었다. 그녀의 이름은 이크누루, 즉 햇빛이라는 이름을 가진 여성이었다. 나의 여행을 도와준 운전기사 징기스의 아내였다. 징기스라는 이름은 쉽게 징기스 칸을 떠올린다.

칸이라는 말이 왕이라는 뜻이라고 하니 그는 바로 몽골 초원에 위대한 생명의 힘을 불어넣었던 영웅 징기스칸과 똑같은 이름을 가진 것이다.

우리로 말하자면 세종(대왕)이라는 이름을 가진 사람이라고나 할까. 이름은 그럴 듯하지만 아무리 보아도 징기스와 이크누루는 어울리는 부부가 아니었다. 징기스는 충직해 보이기는 해도 초라하고 착하기만 했고, 이크누루는 세련된 금발의 미인이었다.

말하자면 이크누르는 보쌈 당한 신부였다고 한다. 터키의 여성들은 순결의식이 강해서 한번 소문이 나면 다른 곳으로 시집을 가기 어렵다고 했다.

이크누루 어머니는 나에게 말했다.

"징기스가 내 딸을 오래 짝사랑한 나머지 하루는 출근하는 내 딸을 반 강제로 차에다 싣고 그의 고향으로 데려가 온통 소문을 내고 말았으니 결혼을 시키지 않을 수 없었다"는 것이다.

그래도 이제 그 부부는 행복해 보였다. 아내라면 아직도 짝사랑하듯 끔찍이 아끼고 충직한 종처럼 떠받드는 징기스의 순정은 눈물겹고 부럽기까지 했다.

나의 시 「터키석 반지」 이미지 속에는 또 한 사람의 눈부신 사랑의 여인이 숨쉬고 있다.

한국여성인 그녀를 만난 것은 그 유명한 성경에 나오는 고대의 도시 에페소 앞에서였다.

클레오파트라와 그의 연인 안토니오가 마차를 타고 쇼핑을 왔다는 아름다운 에게 해의 도시 에페소의 끝에는 큰 기념품 상점이 여럿 있었다. 그 중 제일 큰 상점의 주인은 귀족풍의 얼굴을 한 터키의 부자였는데 바로 그의 안주인이 한국여성이었다.

그녀는 일찍이 대학에서 무용을 전공한 미인으로 해외에 무용 공연을 나왔다가 그만 사랑에 빠져 여기서 이렇게 살아가고 있다고 했다.

"지금에야 한국사람을 더러 보지만 오랫동안 고국을 멀리서 그리워했어요. 서러움, 그리움, 외로움…… 움…… 움…… 움……." 그녀는 문득 목이 꽉 메어 말을 잇지 못했다.

그녀 가슴속의 푸른 멍이 손으로 만져지는 듯했다. 동화에 나오는 공주처럼 푸른 눈을 가진 어린 딸이 우는 엄마를 자꾸 흘긋거리며 바라보았다.

그녀는 그렇게 터키의 하늘 아래서 서울을 그리워하며 그녀가 여학교 시절 자주 갔다는 남산 길을 몽매에도 그리며 살아가고 있었다.

　푸르고 아름다운 이미지로 나를 사로잡았던 터키석의 기억, 나는 지금도 어느 골목길에서 봉숭아꽃을 만날 때면, 혹은 에게해처럼 푸른 바다 앞에 설 때면 아름다운 그 여성들을 떠올리고 그리고 사랑의 상처와 사랑의 완성을 동시에 생각해보곤 한다.

　　사랑에 은퇴하고
　　가을 하늘처럼 투명해지면
　　터지석 반지 사러
　　터키에 가고 싶다

　　어느 슬픔의 바다에서 건져 올렸던가
　　천 년 햇살에도 마르지 않는
　　깊은 눈을 가진 여자
　　푸른 물 소리 출렁이는
　　터키석 속에서 만나고 싶다

　　비둘기 떼 쏟아지는
　　위스크다르 항구에 닿고 싶다
　　실크로드 그 끝자락에는

동양과 서양의 온갖 보석들이
짧은 지상의 약속을
기다리고 있겠지

흙에도 귀가 달린 나라
터키에 가서
내가 나를 위해
터키석 반지 하나 사고 싶다

사랑에 은퇴하고
가을 하늘처럼 투명해지면

졸시, 「터키석 반지」 전문

그를 와락 끌어안았다

줄기차게 폭우가 쏟아지는 밤이었다. 숲들이 멀리 내려다보이는 벌판, 언덕 위에 지어진 이 외딴 '작가의 집'은 마치 브론테의 소설 『폭풍의 언덕』에 나오는 저택을 연상할 만큼 음산하게 흔들렸다.

뉴욕에서 북쪽으로 3시간이나 떨어진 작가촌 '아트 오마이'는 나말고도 세계에서 모여든 작가들이 스무 명 정도 함께 지내고 있었다.

그들은 짧게는 한 달에서, 길게는 이삼 개월까지 그곳에 머물며 고립과 집중을 유지하며 창작에 열을 쏟았다.

밤이 깊은 탓인가, 대부분의 작가들은 일찍이 각자의 방으로 돌아가고, 식당 겸 거실에는 네 사람의 작가만이 흐린 불빛 아래 앉아 남은 와인을 비우고 있었다.

그때 비명을 지르듯 난데없이 전화벨이 울렸다. 사람들은 동시에 벽난로 위에 걸린 벽시계를 올려다보았다. 시곗바늘은 11시 40분을 막 지나 자정을 향하고 있었다.

수화기를 든 것은 포르투갈에서 온 소설가 루이였다. 그는 몇 마디를 주고받더니 이내 일행을 향해 이렇게 말했다.

"지금 우리에게 좋은 뉴스와 나쁜 뉴스가 생겼는데, 무슨 얘기를 먼저 들려드릴까요?"

우리들은 모두 좋은 뉴스를 먼저 들려달라고 했다.

"좋은 뉴스는 지금 런던에서 루크라는 소설가가 이곳을 향해 오고 있다는 것입니다. 그리고 나쁜 뉴스는 지금 그를 기차역까지 데리러 나가야 한다는 것이죠."

루이의 말이 끝나기도 전에 우리는 폭우가 쏟아지는 캄캄한 창밖으로 시선을 돌렸다.

보통 난감한 일이 아니었다. 숲길과 언덕을 빠져나와 어두운 밤길을 40분 이상 자동차로 달려야 기차역에 닿을 수 있었다.

잠시 후 루이가 자동차 키를 들고 자리에서 일어섰다.

그리고 다음날 아침, 나는 영국 문단에 새로 떠오르는 소설가라는 루크를 처음으로 만날 수 있었다. 마침 해가 눈부시게 떠오른 때문인지 루크의 피부는 커피빛처럼 검붉은 윤기가 흘렀다.

마르고 키가 껑충한 루크는 소설 속의 히스클리프처럼 깊고 반항적인 눈을 가지고 있었다. 말을 할 때면 얼굴을 묘하게 찡그리곤 했는데 그 모습은 이상하게도 지성적이었다.

그러나 이틀이 못 가서 나는 그를 속으로 미워하기 시작했다. 우선 라이브러리에 있는 컴퓨터를 두 대나 고장내놓고 서둘러 고장신고를 하지 않는 것이었다. 그리고 식사 후에는 각자의 접시를 식기 세척기에 넣어야 함에도 불구하고 매번 식탁 위에 그대로 놓아두고 나오기 일쑤였다.

더구나 오후가 되면 산책을 나가는 것 같았는데 숲을 돌면서 거기 한유하게 어슬렁거리는 사슴들을 마구 쫓아내버리곤 했다. 언덕에 나뒹구는 사과들을 발로 차며 여기저기 뛰어다니는 그는 한마디로 검은 야생마 같았다.

작가의 집이 있는 언덕 바로 아래에는 유명한 조각공원이 있었다. 땅이 워낙 넓은 나라이기 때문일 테지만, 조각공원은 축구장을 5개쯤 만들어도 될 만큼 넓었다. 아니 한 조각작품을 보고 다음 조각작품을 보기 위해서는 5분이나 10분쯤을 걸어야만 했다. 한 바퀴를 다 돌자면 자동차를 타고 돌아야 할 것 같았다. 중간에 큰 호수가 있었는데 그 호수 위에도 현대 조각이 둥둥 떠 있었다.

포스트모던한 현대 조형물들은 도무지 소통을 거부하고 있었다. 그 작품의 작가와 제목을 보면 대부분 세계적 거장들의 작품이었다. 그것을 고액으로 구입하여 여기에 기증한 기관은 부유하고 안목 있는 문화예술재단들이었다.

나는 조각작품 앞에 설 때마다 새로움과 충격으로 늘 압도되곤 했다. 그래서 글이 써지지 않을 때면 조각공원을 돌곤 했다.

그런데 그 많은 유명한 작품 가운데 내가 가장 좋아하는 조각은 조각공원 초입에 놓여 있는 아주 단순한 조각작품이었다. 땅 위에 자연스럽게 눕힌 이 작품은 직사각형 평면의 검은 대리석이었다.

나는 그 어떤 조형물보다 이 조각에서 형언할 수 없는 감동을 받았다. 절제된 선과 단순한 형태와 검은색의 조화가 벌판의 마른 풀과 조화를 이루고 있는 신비한 작품이었다.

그러던 어느 날, 나는 그 조각작품 앞에서 루크를 만났다. 조깅을 하던 루크가 불쑥 내 곁에 멈춰 선 것이다.

"이 작품이 내가 가장 좋아하는 작품이랍니다."

내 말이 끝나기도 전에 루크는 얼굴을 찡그리며 이같이 말했다.

"한 인간이 일생을 바쳐 단 한 개밖에 만들 수 없는 거니까요. 하지만……."

"이 작가가 누군지 알아요?"

나의 질문에 그는 몹시 시니컬한 표정을 지었다.

"여기 아트오마이를 설립한 분의 무덤이잖아요."

정말 그랬다. 그것은 조각작품이 아니라 무덤이었던 것이다. 풀섶 사이에 놓인 동판의 비문을 확인하고 나는 전신에 소름이 오싹 일었다. 한 마리 사슴처럼 저쪽으로 뛰어가는 루크의 뒷모습 사이로 붉은 노을이 길게 깔려 있었다.

그날 저녁, 나는 루크가 번쩍번쩍 닦아놓은 접시로 저녁을 먹으며, 독일작가 수잔나와 루크와 함께 일제강점시대, 아시아 여성들의 정신대 피해에 대해 얘기했다. 그리고 그가 영화광이며 나처럼 파졸리니 영화와 빔 벤더스와 이태리 여성감독 리나 베르트뮬러에 대해 열광하고 있다는 것을 알았다.

얼마 후 나는 작가촌 생활을 마무리하고 서울로 돌아오게 되었다. 뉴욕 라구아디아공항에서 비행기를 타자면 새벽 일찍 작가촌을 빠져나와야 했으므로 밤늦게까지 송별 와인을 마셨다.

새벽에 일어나 모두가 깊이 잠든 작가의 집을 바라보며 나는 나를 데리러 온 뉴욕 친구의 차에 몸을 실었다. 천천히 언덕을 내려오다 말고 문득 조각공원 쪽으로 고개를 돌렸다.

그런데 거기 희끄무레한 새벽안개 속에 한 마리 검은 사슴이 서 있는 것이 보였다. 루크였다. 그는 한 시간 전부터 나를 배웅하려고 거기 서 있었다고 했다. 차를 멈추고 나는 그를 와락 끌어안았다.

"루크…… 이제 우리는 어디서 무엇이 되어 다시 만나죠?"

나의 추상적 어법에 그는 어깨를 으쓱 올렸다 내려놓았다.

적막이 둔기로 나를 때려
허공에 뿌리 들고 쓰러졌다
무엇이 들이차서 이리 절박한가
작가촌에 온 지 한 달
나의 살과 나의 뼈는
단 한 줄의 시도 만나지 못했다

창밖에선 야생 사과가 뚝 뚝 지상을 두드리며
저만치 굴러가고
사슴들이 전위 예술가처럼 교묘한 뿔을 세우고
노을 속에 서 있는데
슬픔이란 참 아름다운 것이구나!
칼날 같은 비명만 쏟아냈다

절름발이 시인은 오피움을 피워놓고 명상을 하고
검은 카리브 작가는 접시를 닦으며 파두를 부르고
늙은 희곡작가는 죽은 듯이 집필에 들어갔는데
나는 수인처럼 동굴만 파 들어갔다
이 동굴을 벗어나면 무엇이 보일까
페넬로페 짜던 실을 올올이 다시 풀었다

적막이 둔기로 나를 때려

검은 코피로 동굴 속 시마詩魔를 먹여 살렸다

졸시, 「적막 – 작가촌에서」 전문

이 먼 길을
내가 걸어오다니

누군가 서성이는 것 같아 달려나가보면 아무 일 아닌 듯 코스모스가 어깨에 묻은 이슬발을 툭툭 털어내며 인사한다는 젊은 시인의 가을 시구가 가슴을 건드린다.

하긴 가을은 어디를 건드려도 씨앗처럼 잘 여문 기억들이 터져나와 반가운 인사를 하는 그런 계절이다.

한해 가을, 전주에 가서 뜻밖에 한 사람을 만났다. 이름도 모르는 분이지만 시간이 흘러도 문득 미소와 함께 떠오르는 분이다.

우리나라에서 처음 열리는 '아시아 아프리카 문학 페스티벌'에 참가하기 위해 그곳에 갔을 때였다.

말이 참가이지 내가 전주에 도착했을 때는 이미 세계 44개국 작가들이 일정을 모두 마치고 파주출판단지로 떠난 후였다.

학교 강의를 고려하다보니 결국 이렇게 되고 만 것이지만, 쓸쓸한 행사 뒷마당에서 누군가 먹다 남긴 국밥을 혼자 먹어야 하는 그런 기분을 숨길 수가 없었다.

깊은 밤에 전주역에 내려 혼자 호텔로 갔다.

그러고는 다음 날 오전에 열릴 예정인 '시인과의 만남'을 위해 행사장으로 향했다. 아무 택시나 타고 '아시아 아프리카 문학 페스티벌'이 열리는 곳으로 가자고 하면 잘 알 거라고 했는데 뜻밖에 내가 탄 택시기사는 그런 행사가 있었느냐며 그런 이름을 처음 듣는다는 것이었다.

내가 당황하여 안내 팸플릿을 뒤적이는 사이 그분은 백미러로 나를 보며 "시인이신가요?" 하고 말을 건넸다. 그리고 내가 미처 대답을 하기도 전에 낭랑한 목소리로 시를 읊기 시작했다.

"내가 그의 이름을 불러주기 전에는 그는 다만 하나의 몸짓에 지나지 않았다."

잘 알려진 김춘수의 「꽃」이었다. 그는 이어서 김수영의 「풀」도 읊었다. 나는 그만 놀랍고 반가워서 행사장을 찾을 생각도 잊은 채 "참 대단하시네요. 시를 좋아하세요?"라고 물었다.

그는 멋쩍은 듯 "교과서에 나오는 시인부터 젊은 시인까지 시인들을 참 좋아합니다"라고 대답했다.

그분은 시를 30편을 왼다고 했다. 일이 고단해서인지 기억력이 쇠퇴한 탓인지 자주 외지 않으면 곧 잊어버려서 늘 외고 또 왼다고 했다. 운전석 곁에 또박또박 필사한 노트가 꽂혀 있었다.

파리에 가면 시를 외는 택시기사를 흔히 만날 수 있다지만, 우리나라에서 이런 택시를 타게 되어 반가웠다. 전주라는 도시가 더욱 격조 있는 문화도시로 느껴졌다.

내가 감동해 있는 동안 그분은 한 백화점 옆에 차를 세웠다.

"여기쯤이면 그런 큰 행사가 열릴 만한 곳입니다" 하고 그가 차를 세운 곳에 '아시아 아프리카 문학 페스티벌'을 알리는 깃발과 큰 입간판이 보였다.

"시인을 직접 만나 참 반가웠습니다." 그는 인사를 남기고 황금빛 가로수 잎들이 바람에 날리는 거리 속으로 사라졌다.

행사장은 의외로 만원이었다. 볏짚으로 만든 의자가 부족할 만큼 사람들의 열기가 뜨거웠다. 잔치의 뒷마당이 쓸쓸하다는 생각도 잠시, 전주가 정겹고도 향기롭게 스며들었다.

그리고 한 두어 달쯤 지났을까, 나는 뜻밖에 상큼한 문자 메시지 하나를 받았다.

"전주 택시기사입니다. 선생님의 시 「돌아가는 길」이 마음에 닿아 지금 암송중입니다."

아무 일 아닌 듯 코스모스가 툭툭 건드려 인사를 하듯 가을의 숨결이 다시 한 번 가슴 깊이 닿는 순간이었다.

시를 왼다는 것! 그것은 영혼에 향기를 부여하는 일이라고 거창하게 말하고 싶지는 않다. 다만 시를 외는 택시기사가 모는 택시가 가을 날, 어느 거리를 신나게 구르고 있다는 것만으로도 왠지 가슴이 따스해진다.

반딧불처럼 그렇게 작은 마음을 켜고 다만 밥벌이를 위해 바동거리지 않고, 삶의 깊이를 생각해보고, 정신의 깊이를 좀 더 고양하기 위해 누군가 시를 외고 있다는 것만으로도 문득 인간이란 존재가 참 소중하고 위대하다는 생각이 든다.

내가 아는 한 교수는 젊은 시절 사랑하는 여인에게 장미 백 송이를 바치는 대신 시 백 편을 외워 프러포즈를 하고 싶었다고 했다.

그래서 밤낮으로 시를 외고 또 외고 있었는데 그만 그 사이 그녀가 다른 남성에게로 떠나가고 말았다고 한다.

그분은 지금도 시를 외고 시를 사랑하고 있다. 그리고 어린 아들에게도 시를 외도록 하고 시 한 편을 욀 때마다 축하 상금으로 1만원을 준다고 했다.

여성으로서 대법관에 오른 전수안 대법관은 시 한 수를 외는 것으로 취임사를 대신하여 그날 주요 일간지 1면에 크게 보도된 것을 보았다. 마침 그 시가 나의 졸시 「먼 길」이어서 나는 크게 감격했었다.

시를 사랑하고 시를 욀다는 것은 마음에다 별 하나를 매다는 것이다. 이 산만한 세상에 내가 아름다운 인간이라는 자존을 스스로에게 조용히 속삭여주는 것이다.

나의 신 속에 신이 있다
이 먼 길을 내가 걸어오다니
어디에도 아는 길은 없었다
그냥 신을 신고 걸어왔을 뿐

처음 걷기를 배운 날부터
지상과 나 사이에는 신이 있어
한 발자국 한 발자국 뒤뚱거리며
여기까지 왔을 뿐

새들은 얼마나 가벼운 신을 신었을까
바람이나 강물은 또 무슨 신을 신었을까

아직도 나무 뿌리처럼 지혜롭고 든든하지 못한
나의 발이 살고 있는 신
이제 벗어도 될까 강가에 앉아
저 물살 같은 자유를 배울 수는 없을까
생각해보지만
삶이란 비상을 거부하는
가파른 계단

나 오늘 이 먼 곳에 와 비로소

두려운 이름 신이여!를 발음해본다

이리도 간절히 지상을 걷고 싶은

나의 신 속에 신이 살고 있다

졸시, 「먼 길」 전문

하늘 아래
네가 있다

내가 세상으로부터 받은 많은 축복 가운데 가장 큰 축복은 좋은 스승들로부터 받은 특별한 사랑을 들 수 있다.

"하늘 아래 네가 있도다" 하시며 인간 존재로서의 존엄을 깨우쳐주셨던 미당未堂 선생님과의 인연은 무엇보다 나의 생 전체를 바꾼 가장 큰 축복이었다.

이 땅의 큰 시인으로부터 받은 이런 사랑으로 나는 주저없이 문학에다 나의 전 생애를 던질 수 있었다. 지금도 나의 책상 가장 가까이에 그분이 주신 돌멩이와 백자 꽃병을 놓아두고 그리워하고 있다. 아니 무엇보다 그분이 남긴 보석 같은 시편들이 나의 문학혼을 끝없이 일깨우고 있다.

초등학교 시절, 어느 녹음이 짙어가는 날이었다.

유난히 키가 크신 우리 반 담임선생님은 눈 한쪽이 불완전한 분이었다. 그래서 두꺼운 안경을 쓰고 계셨다. 아침 첫 시간에 우리는 '국군장병 아저씨께' 보내는 위문편지를 썼다.

그리고 그다음 미술시간쯤이었던가. 선생님은 수업을 잠시 멈추고 하나의 글을 읽어내려갔다.

선생님께서 그 글을 중간쯤 읽고 있을 때, 나의 가슴은 벌써 기쁨으로 출렁거리고 있었다. 그것은 다름아닌 바로 내가 쓴 위문편지였기 때문이었다.

"이번 위문편지 가운데 가장 감동적인 편지다. 문정희는 앞으로 훌륭한 문학가가 될 것이다."

어린 날, 선생님으로부터 들은 이 한마디. 어쩌면 그것은 화산보다도 더 강렬한 힘으로 나를 깨워놓았을지도 모른다.

아마도 지금쯤 고인이 되셨을 이중진 선생님, 불완전한 눈으로 작은 재능을 발견해주셨던 선생님의 탁월한 사랑이 너무 그립기만 하다.

또 한 분 고교시절, 나를 전국 고교 백일장의 기수로 만드신 이우종 선생님을 잊을 수 없다. 선생님을 따라 출전한 백일장마다 나는 장원을 휩쓸었고 선생님은 당신 일처럼 얼마나 기뻐하셨던가.

대학시절 나 원고 쓸 때 발 시리다고 누비옷을 사주시고, 내가 유학을 떠날 때, 본인이 기르는 난초에다 내 이름을 붙여놓고 날마다 물을 주신 국문학자 성봉 김성배 선생님도 계시다.

나의 작은 재능에 조건 없는 신뢰와 사랑으로 논문지도를 하시던 조연현 선생님이 일본여행 중에 갑자기 타계하셨을 때, 나는 가족과 함께 선생님의 체구처럼 작은 허리띠를 태우며 육친을 잃은 것 같은 슬픔에 어찌할 바를 몰랐었다. 그때의 일을 생각하면 지금도 울컥 목이 멘다.

학부형들이 학교 교사를 무릎 꿇게 한 사건이 일어났다. 또한, 초등학생이 선생님을 구타한 뉴스를 보며 나는 이 시대의 불행을 절감했다. 그것은 교권이나 도덕의 문제이기도 하지만, 인간이 저지를 수 있는 불행 가운데 가장 슬픈 불행을 인간 스스로 저지르고 있는 것이다.

인간을 파괴하는 것은 전쟁만이 아니다. 스스로가 겁도 없이 인간 스스로를 파괴하는 것을 보고 있자니 가슴이 에이는 듯 아프다.

<h1>종이가 좋아서
글을 쓴다</h1>

추위가 저만치 다가오는 날, 자정이 가까워오는 시간에, 나의 생은 터키 국제공항 대합실 한편에 놓인 차가운 쇠 벤치 위에 문득 숨을 죽이고 멈추어 있었다.

터키의 작가 오르한 파묵의 『내 이름은 빨강』이 들려 있었지만 책을 읽기에는 흐린 조명이었다. 하지만 나는 그의 소설을 터키의 무슨 부적처럼 서울에서부터 손에 들고 있었다.

이상한 일이었다. 그의 소설을 읽은 것만으로 터키의 속살을 깊이 만지는 느낌이었다. 그것은 참으로 낯설기만 한 순간에도 묘한 안도를 수반했다.

조금 후 항공사 직원이 불러준 미니버스를 타고 천년 묵은 도시 이스탄불의 밤 한가운데로 들어갔다.

이 여행의 최종 목적지는 알렉산더대왕의 나라 마케도니아이다. 그렇지만 이스탄불을 다시 만나고 싶어 취리히나 프랑크푸르트를 경유하지 않고 나는 굳이 이스탄불 쪽으로 택했던 것이다.

항공사에서 제공하는 호텔은 별이 네 개나 되었다. 물론 값은 항공요금 속에 포함되어 있었다.

십여 년 전 터키의 곳곳을 한 달 가까이 돌아다닌 적이 있었다. 그때 나는 한 방송사의 카메라와 함께였으므로 다양하고 심층적인 곳까지를 체계적이고도 무자비하게(?) 파고들었었다. 그런데도 나는 다시 이스탄불을 찾으며 이번에야말로 이 나라의 부드럽고 깊은 속살을 진짜로 만져보리라 마음먹은 것이다.

터키 출신의 감독 일마즈 귀니의 〈욜〉과, 칸에서 주목받았던 누리 빌제 세일란 감독의 〈우작〉을 머리에 떠올렸다. 또한 노벨상 수상 이후 더욱 국제적인 작가가 된 오르한 파묵의 소설을 통해 나는 터키의 찬란하고도 험난한 과거와 그 윤기 있는 역사 속에 피어난 인간과 예술에 깊이 매료되어 있던 터였다.

목화의 성이라 불리는 파묵칼레의 하얀 횟가루가 숯는 천혜의 유황 온천지대와, 기이한 조각들을 연상시키는 카파도키아의 수많은 천연 돌집들도 그리웠지만 이번에는 참기로 했다.

이스탄불의 중심 탁심 거리에서 느리게 가는 구형 전철을 바라보며 진한 터키쉬 커피를 마시는 한유한 시간을 갖기로 했다. 오르한 파묵이 쓴 세밀화처럼 아름다운 사랑 이야기를 읽다가 조금 걷다가 하는 여행…… 고독으로 풍성하고 자유로운 여정을 포식

하는 그런 여행을 즐기려고 기를 쓰고 떠나온 것이니까.

아침에 눈을 뜨니 호텔 저편으로 동양과 서양을 가로질러 흐르는 보스포러스 다리가 보이고 블루 모스크가 한눈에 들어왔다. 나는 곧장 탁심거리로 나갔다. 우선 노천카페에 앉아 차 한 잔을 마신 후 미로처럼 구부러진 거리를 걸었다.

'와꼬'라는 터키의 유명한 디자이너숍이 나를 유혹했다. 전에 왔을 땐 없던 세련된 상점이었다. 『내 이름은 빨강』에 나오는 금박 세공사가 그린 이슬람의 세밀화처럼 신비한 무늬의 스카프가 쇼윈도에 걸려 있었다.

오스만 제국의 영화가 깊이 숨쉬고, 동양과 서양이 함께 어우러진 도시답게, 비잔틴의 예술이 숨 쉬는 터키의 상점들에는 도자기나 장신구나 양탄자 등에 신비한 문양과 색감들이 새겨져 있었다.

서점에는 애니메이션 책도 있었지만 시집이나 오르한 파묵의 책들이 즐비했다. 우리말로도 번역된 소설 『눈KAR』도 화사한 표지로 세워져 있었다.

"예술가들의 치열한 삶과 사랑을 놀라울 만큼 생생하고 정밀하게 재현해내는 작가"라는 평이 눈에 들어왔다. 작가 자신은 "나의 소설은 인생과 예술, 사랑, 그림 그리고 다른 많은 것들에 대한 나의 생각을 담고 있다"고 했다.

오르한 파묵 한 사람으로 터키의 문학은 단숨에 세계 문학의 위상 속으로 진입해버렸구나 하는 느낌이 들었다.

이스탄불의 부유한 가정에서 태어난 그는 어린 시절 부모의 이혼으로 상처를 받았지만 여전히 경제적 여유가 넘치는 작가로 여름 집필실과 겨울 집필실을 따로 가질 정도로 윤택한 작가라고 한다.

취재를 위해 뉴욕 메트로폴리탄 박물관을 몇 번이고 오가며 집필을 한다는 대목과 최근 노벨상 후보에 그의 이름이 꾸준히 넘나들더니 드디어 수상을 하게 되었다는 대목이 부러움을 유발시킨다.

나는 탁심을 나와 지하궁전 바실리카 시스틴으로 갔다. 예전이나 지금이나 머리에 뱀을 뒤집어쓴 메두사가 얼굴을 거꾸로 물속에 박고 나를 맞았다.

천년 지하수조에서 작은 음악회가 열리고 있었다. 다소 습하고 차가운 물방울들 속에 피어나는 선율은 나에게 불현듯 한 그리움과 감동을 불러일으켰다.

여기에 터키의 소주인 뿌우연 라크Laki 한 잔을 곁들인다면? 여행은 확실히 얼어붙은 밤바다의 얼음을 깨는 쇄빙선이었다.

터키에서 돌아와 6개월쯤 후, 나는 드디어 서울에서 작가 오르한 파묵을 만났다. '세계 문학 포럼'에 참가하기 위해 그는 서울에 왔고, 터키 대사관이 마련한 한국 작가와의 저녁 모임에서 조우했다. 그는 영화배우처럼 훤칠했고 개방적이었고 아주 편했다.

우리는 아이오와 대학 작가 프로그램의 터줏대감 격인 소설가 피터 나자레의 안부를 묻는 것으로 말의 매듭을 풀기 시작했다.

그는 1985년에 그곳을 다녀왔고, 나는 1995년에 다녀온 것이다. 그는 이스탄불의 그랜드 바자르보다 서울 인사동에 즐비한 서화와 골동들을 더 부러워했다. 그것은 한국작가인 나의 자존심에 대한 배려이거나 겸손일 것이다. 역사나 규모나 다양성에 있어 비교급이 아닌 것이다.

나는 이스탄불에서부터 머금고 있던 말을 그에게 실토했다.

"당신 작품 속의 아름답고 조용한 언어의 전투들이 참 감동적이었습니다."

그의 수상연설 '아버지의 여행 가방' 또한 참 감동적이었다. 이리도 편하고 쉬운 것이 대가의 글이고 연설일 것이다.

"당신은 왜 글을 씁니까? 저는 쓰고 싶어서 씁니다! 제가 쓴 것 같은 책들을 읽고 싶어서 씁니다. 오로지 현실을 바꾸었을 때에만 그것을 견뎌낼 수 있기 때문에 씁니다. 종이 연필 그리고 잉크 냄새를 좋아하기 때문에 씁니다.

삶, 세계, 모든 것이 믿기 어려울 정도로 아름답고 경이롭기 때문에 씁니다. 삶의 그 모든 아름다움과 풍부함을 단어들로 표현하는 것이 즐겁기 때문에 씁니다. 도무지 행복할 수 없기 때문에 씁니다. 행복하기 위해서 씁니다."

터키, 오르한 파묵.

이 두 이름은 이제 나에게 거의 동의어로 떠오른다. 이것이 작가
의 위대성이 아닐까.

아이오와 대학 메이플라워 기숙사에서 한 계절을 보내고 서울로 돌아오는 날 아침이었다. 내 방문 안으로 활엽수처럼 산뜻한 종이 한 장이 들이밀어져 있었다.

"사랑은 이다지도 짧고, 망각은 그렇게도 길다."

파블로 네루다의 시구였다.

문득 날카로운 면도날이 영혼 깊숙한 곳을 스친 듯, 아릿한 소름이 돋았다.

옆방 장애인 시인이 보낸 것 같았다. 아니 세계에서 온 작가들은 모두 파블로 네루다의 시를 사랑했었다.

그러니까 그 나이였어…… 시가
나를 찾아왔어, 몰라, 그게 어디서 왔는지,
모르겠어, 겨울에서인지 강에서인지.

언제 어떻게 왔는지 모르겠어.

파블로 네루다, 「시」 중

열아홉 살에 유명한 시집 『스무 편의 사랑의 시와 한 편의 절망의 노래』를 펴낸 파블로 네루다는 칠레의 시인으로 만년에 노벨상을 받은 세계적인 시의 거장이다.

칠레는 우리나라만큼이나 정치적 격변이 심했던 나라이다. 그는 망명과 외교관 등으로 세계 곳곳을 떠돌며 격랑의 생을 살았다.

친구인 시인 로르카가 스페인 내란 때 피살당하는 것을 목격한 후, 사회문제에 눈을 뜨고 민중과 함께 고통을 겪었지만 그의 시는 언제나 아름다운 서정과 눈부신 관능으로 꿈틀거렸다.

〈일 포스티노〉라는 영화 속에 망명지의 시인으로 살아나 더욱 친근해진 시인이다. 인간의 따스함이 살갗에 닿을 듯이 느껴지는 영화였다.

그의 시집 속의 오묘한 고통들, 뻐근한 절망과 절절한 사랑을 읽으면 핏속에 숨은 열정과 사랑이 봄날의 버들잎처럼 파들파들 일어선다.

"오늘밤 나는 쓸 수 있다. 세상에서 제일 슬픈 구절을/나는 그녀를 사랑했고, 때때로 그녀도 나를 사랑했다……"

네루다의 시구를 제목으로 나도 시 한 편을 썼다.

사랑, 오늘 밤 나는 쓸 수 있다

세상에서 제일 슬픈 구절을

이 나이에 무슨 사랑?

이 나이에 아직도 사랑?

하지만 사랑이 나이를 못 알아보는구나

사랑이 아무것도 못 보는구나

겁도 없이 나를 물어뜯는구나

나는 고개를 끄덕인다

열 손가락에 불붙여

사랑의 눈과 코를 더듬는다

사랑을 갈비처럼 뜯어먹는다

모든 사랑에는 미래가 없다

그래서 숨막히고

그래서 아름답고 슬픈

사랑, 오늘밤 나는 쓸 수 있다

이 세상 모든 사랑은 무죄!

졸시, 「오늘 밤 나는 쓸 수 있다 - 네루다 풍으로」 전문

쿠알라룸푸르 공항은 열대 특유의 초록 생명력으로 넘치고 있었다. 마침 스콜이 다녀간 것 같았다. 공항 밖으로 나오자 신선한 물기가 사방에 가득했다.

"아아, 오랫동안 나는 잘못 살았구나."

뜻 모를 전율이 전신을 휩쌌다. 두 날개가 어깨에서 부스스 솟아나는 소리가 들렸다. 나는 비상의 자세를 취했다.

오래전 젊은 나이로 외국공항에 홀로 첫 발을 내디디며 감격에 목젖을 떨며 울었던 기억이 났다.

첫 여행? 방콕이었던가? 그리고 나는 그때 방글라데시 다카에 가서 또 다른 아픈 충격에 쌓였었다. 달콤하고 후듯한 이 열대의 날씨를 나는 그때부터 내내 사랑했다.

아름다운 초록 햇살과 주황색 열대 꽃들 속으로 들어갔다. 아무것도 더 이상 생각할 수가 없었다. 오직 살아 있다는 것이 숨 막히고 눈물겨울 뿐이었다.

같은 아시아이면서도 꽤 긴 비행시간이 소요된 데다가 뜻하지 않은 귀빈 같은 초대에 조금 어리둥절하며 정중히 기다리는 한 남자와 악수를 나누었다. 말레이시아의 공무원이었다. 그리고 그가 짐을 싣기 위해 자동차의 뒤 트렁크를 열었을 때 다시 한 번 즐거운 탄성을 지를 수밖에 없었다.

테레사, 라시아, 마리아 반 달렌, 미하엘 오거스틴…….

너무도 낯익은 친구들의 이름이 적힌 나무 피켓이 나의 이름과 함께 수북하게 놓여 있었다. 아르헨티나, 싱가포르, 네덜란드, 영국 그리고 독일의 브레멘에서 모여든 것이다.

마중 나온 공무원은 나에게 말했다.

"오늘 아침 비행기로 남미의 여성작가 두 분이 도착했고 영국과 독일 시인은 어제 도착했습니다."

그러고 보니 이 공무원은 며칠 동안 하루에도 몇 번씩 공항을 왕복하며 세계 각국에서 모여드는 작가들을 피켓을 들고 맞이하곤 했던 것이다.

세계 작가 초청 세미나는 시내 중심에 있는 로열호텔에서 열렸다. 말레이시아는 문학과 예술을 위해 국책으로 특별한 기금을 마련해놓고 있었다. 기금은 주로 교과서에서 얻어지는 이익금에서 충당하고 있다고 했다.

나를 초청한 것은 말레이시아의 시인 삼수딘이었다. 그는 이 행사의 주관기관인 대원 바하사의 중책을 맡고 있는 공무원이면서 동시에 시인이었다.

그는 유네스코의 기금으로 공부한 적도 있으며 중요한 문예지의 편집인이기도 했다. 여러 권의 시집과 문학상이 그의 이력 속에 포함되어 있었다.

호텔 로비에 들어서기 무섭게 네덜란드의 시인 마리아가 나를 힘껏 부둥켜안았다. 그녀는 나를 풀어주지 않고 한참을 뱅뱅 돌았다. 아이오와에서 헤어진 지 꼭 1년 만의 재회였다.

마리아 뒤에 싱가포르의 시인이자 소설가인 라시아가 웃고 서 있었다. 그녀의 할머니는 정신대에 끌려가는 것을 피하기 위해 꽃같이 젊은 얼굴에다 검은 칠을 하고 살았다고 한다. 그래서 그녀는 인생을 역순으로 산, 전쟁이 불러온 비극적인 여자의 일생을 쓰겠다고 오래전부터 취재를 하고 있었다.

밤에는 아르헨티나에서 테레사가 도착했다. 테레사는 나의 시에도 등장하는 아르헨티나의 대표적인 희곡작가이다. 그녀는 이번에도 바바라와 함께였다. 아르헨티나는 약 15퍼센트가 동성애자라고 했던 것이 다시 기억났다.

키가 훤출한 시인 미하엘 오거스틴과 영국의 유명한 편집인 브랜다 워커 여사가 나타났다.

브랜다 워커는 1996년도 노벨상 수상 시인인 폴란드의 쉼보르스카의 시집 『다리 위의 사람들』을 출판한 편집인으로서 쉼보르

스카의 수상에 누구보다 크게 고무되어 있었다. 그녀는 한국을 다녀간 적도 있는데 그때 서정주 시인을 직접 만났다고도 했다.

쿠알라룸푸르에 있는 동안 브렌다 워커는 세계 문학의 동향과 출판의 초점에 대해 발표했다. 싱가포르 시인이 제기한 물질과 소비가 극대화된 싱가포르에서의 문학과 그 가치에 대한 의미 찾기를 다룬 논의도 주목을 받았다.

밤에 네덜란드의 마리아가 혼자 외출을 했다가 너무 큰 키에 이상한 서양여자를 보고 사람들이 온통 에워싸는 바람에 놀라서 구급차까지 불러 타고 자국 대사관에 신변 안전을 요구하는 작은 소동이 있었다. 그녀는 너무 놀란 것 같았으나 오거스틴과 나는 속으로 웃음을 참지 못했다.

우리의 경주 같은 도시 페랙에서는 온 마을 사람이 민속악기와 민속의상을 입고 나와 환대했다. 오거스틴은 딸을 위해 인도 여자들이 이마에 찍는 빈디를 사려고 시장을 돌고 돌았다. 그리고 목조로 만든 옛 성을 보기 위해 우리는 모두 긴 여행을 떠났었다.

그때 나는 난생처음 이상한 무지개를 보았다. 그것은 한마디로 미친 무지개였다. 세상에 태어나 쌍무지개를 본 적은 있지만 다섯 개 여섯 개의 무지개가 동시에 검은 숲속 계곡을 따라 여기저기에 걸려 있는 것은 처음 보았다.

그것은 기묘하고 아름다웠지만 정작 재앙이 아닐까 하는 느낌이

들었다. 좀처럼 지지 않는 무지개라니…… 무지개는 막무가내로 버티고 있었고, 할 수 없이 우리는 얼른 그곳을 피해 달아났다.

말레이시아의 문학 여행은 이렇게 꿈속에서 일어난 어떤 광적인 경험처럼 마감되었다.

나는 목이 부어 갑자기 짐을 쌌다. 헤어질 때 마리아는 큰 눈에 눈물을 머금었다. 나는 왕인지 대통령인지가 베푸는 만찬장을 뒤로하고 공항으로 나와 서울행 비행기에 올라탔다. 그날 비행기를 타지 않으면 다음 서울행 비행기까지 혼자 낯선 도시를 어슬렁거리며 얼마를 더 기다려야만 했다.

모두 함께 문명의 족쇄에 기꺼이 묶이자고 했지만 나는 발버둥을 치며 그곳을 벗어났다. 완벽한 자유란 없다. 애써 어느 곳에 도착하고 나면 다시 그곳을 벗어나야 하는 끝없는 버둥거림이 있을 뿐…….

오거스틴은 나를 스케치한 그림을 그의 시집과 함께 선물했다.

그 후 나는 서울에서 오거스틴을 다시 만났다. 그의 아내인 유명한 시인 수자타도 함께였다.

수자타는 인도에서 나서 아홉 살 때 예일대 교수인 아버지를 따라 미국으로 건너간 시인으로 그들은 아이오와 대학에서 만나 결혼한 국제적인 시인 커플이다.

가무잡잡한 피부에 야성미 풍기는 수자타와 재기 넘치는 그녀의 시를 누군들 사랑하지 않고 배길 수 있으랴.

미국 아이오와 대학의 작가 프로그램이 예산문제로 잠시 중단되었을 때 오거스틴은 세계를 향해 이메일 데모를 주도했다. 세계의 작가들이 미국 연방정부와 아이오와 대학으로 항의 이메일을 띄우는 것이었다.

그때 그가 쓴 서한은 명문 중의 명문이었다.

"아이오와는 지역이 아니다. 그곳은 자유와 평화와 사랑의 초원이다"고 그는 말했다.

그가 그곳에 간 1985년, 동서독은 분단되었지만 그는 서독 작가로 동독 작가를 부둥켜안았고 중국 작가와 대만 작가가 함께 밥을 비벼먹었으며 중동의 평화와 발칸반도의 분쟁이 그곳에서는 사랑의 문학으로 발현되고 있었다는 것이다.

오, 남북한이여. 코리아여…… 나 또한 1996년 아이오와에서 울면서「경계선」이라는 시를 읊었던 기억이 있다.

오거스틴의 항의 이메일의 공적만은 아니겠지만, 그 이듬해 아이오와의 작가프로그램은 재개되었다.

오거스틴의 한국 방문은 그가 근무하는 독일 브레멘 방송과 한국 방송과의 특별 교류 때문에 이루어진 것이었다.

그는 김지하 시인과 나의 시낭송 육성을 녹음했다.

나는 인사동에서 오거스틴을 위해 한글로 옥도장 하나를 새겼다. 두부를 함께 먹고 많은 애기를 나누고 종로 쪽으로 걸어갔다.

길 가던 한 아이가 아빠의 손인 줄 알고 오거스틴의 손을 잡았다. 잠시 후 아이는 무심코 이 키 큰 이방인을 쳐다보더니 울음을 앙 하고 터뜨렸다.

모두 웃었다. 아름다운 별, 지구 위의 한 곳에서 따스한 손과 손이 서로 맞잡는 일이 일어난 것이다.

나는 나에게 말한다

늘 말했듯이 나는 시라는 외줄 위에서 가장 자유롭고 편안한 생명이다. 하지만 생이란 그 전부를 줄 위에서 보낼 수는 없지 않은가.

외줄타기가 끝나고 땅거미가 슬 무렵, 맨발로 땅 위로 내려왔을 때, 나는 사방에서 기다렸다는 듯이 달려드는 수많은 적에 쉽게 둘러싸이고 말 뿐이다.

나는 당연히 현실 위에서 불안하게 뒤뚱거리는 존재인 것이다. 말하자면 과도히 큰 그 날개가 늘 문제였다.

시에 대한 열망과 넘치는 자의식, 타오를 때만이 생명이라고 생각하는 천형에 가까운 기질은 현실을 불행으로 치장했고, 그것은 곧 깊은 내상을 불러왔다.

나는 언제나 부족한 기형의 그 무엇이었다. 적들은 끝도 없이 그때그때 변장된 얼굴로 나타나 이런 나를 옥죄고 부자유하게 만들었다.

나는 무엇보다 자유로워지고 싶었다. 하지만 이 땅이 길러낸 차별과 보수의 딸인 나는 나 스스로를 기막히게 통제하는 제어력과 부자유가 합리적인 설득력을 가지고 내 안에 깊이 자리하고 있음을 알고 있었다.

또한 정치적인 억압과 사회의 불합리는 나를 눈치 빠른 겁쟁이거나 비겁한 침묵의 인간으로 길들여갔다. 그리하여 문학은 나의 망루였고, 오아시스였고, 동시에 폐허였다.

자유의 버찌 맛을 처음으로 잠깐 맛본 것은 서른이 갓 넘어 시작한 뉴욕생활에서였다. 나는 그때 젊었고, 뉴욕은 모든 것이 가능한 도시였다. 사방에 자유가 널려 있어 부자유했고, 그리고 고독했다.

몇 낱의 돈이나 허명에 대한 집착 따위, 어설픈 경쟁이 아무것도 아니라는 것을 뉴욕은 또한 가르쳐주었다.

세속화와 속물근성, 인간의 눈을 조금씩 마비시키는 관습마저도…… 어느 것도 본질적인 것은 아니라는 것을 나는 뉴욕에서 깨우쳐갔다.

그런 것은 결코 내 문학의 적이 될 수 없는 것이었다.

"그냥 쓰고 또 써라. 그것이 전부이다."

나는 날마다 나를 깊이 들여다보며 입술을 깨밀었다.

나의 무력과 한계에 진실로 절망한 것도 그때였다. 젊은 나이에도 불구하고, 나는 굴레를 뒤집어쓴 한 마리 어설픈 관념의 새였던 것이다.

얼떨결에 돌입해버린 결혼, 얼떨결에 생겨난 아이 둘이 나를 바라보고 있었다. 그 아이들이 사랑스럽다는 것은 나의 문학에 더할 수 없는 덫이었다. 나는 유랑민처럼 그렇게 뉴욕을 살았다.

광주의 상처를 미처 추스르지 못하고 표류하고 있는 코리아라는 나라를 숲으로 바라볼 수 있었던 것도 그때였다.

식민지를 갓 벗어난 나라에서 태어나, 우리 말과 우리 글로 교육을 받았지만 청소년기에 맞닥뜨린 4·19와 5·16을 통하여 나는 진정한 제도로서의 자유와 정의에 대해 깊게 고민한 후였다. 그리고 내가 생애를 던져 만들어가야 할 언어의 리얼리티와 언어의 힘에 대해 다시 고민해본 것도 그때였다.

벌거벗은 존재로 생활의 차꼬에 괴로워하며, 2년여의 방랑 끝에 다시 한국으로 돌아왔다.

나의 생활은 부자유와 산만으로 다시 둘러싸였다. 정치적 혼란은 여전했고, 극심한 경쟁에 노출되었으며, 고질적 집단의식과 패거리의 병패는 창작 의욕을 위축시켰다.

그런 가운데 나의 노동은 몇 낱의 푼돈으로 바꾸어지기 일쑤였다. 하지만 나는 기실 옛날의 내가 아니었다.

그 사이 아이들은 자꾸 자라나, 나는 샤카무니처럼 '라훌라(장애)'를 하루에도 몇 번씩 되뇌며 그들에 대한 나의 사랑이 번번이 내 발목을 잡는 것을 아프게 목격했지만, 나는 알고 있었다.

나는 내 아이들이, 내가 낳은 이 아름다운 생명이 죽은 시와 비교할 수 없을 만치 중요하다는 것을 똑똑히 알았다.

줄광대의 외줄은 자주 태풍에 흔들렸고, 나는 자주 실족했다. 하지만 진실로 줄에서 내려온 적은 한 번도 없었다.

줄을 탈 때 편하고 행복했지만, 땅 위에 우글거리는 나의 적들은 기실 적이 아니라 나의 문학을 키우는 기름진 재료임을 알았다. 그래도 본질적으로 나를 가로막는 적은 없다고 생각한다.

지금 싸우고 근심해야 할 것이 있다면 그것은 단 한 가지뿐이다. 창의성의 고갈이나, 열정의 쇠퇴를 걱정하는 것 말고는 아무것도 없다는 것이다.

나는 나에게 말한다.

그냥 쓰고 또 써라. 그것이 전부임에랴.

떠나간 얼굴들

불의에 한 친구를 저 세상으로 떠나보내고 말았다.

오랜 기자생활을 거쳐 이제 사회봉사기관에서 일하던 엘리트여성이었다. 죽기에는 너무 젊은 나이였지만 지병을 수술 받던 중에 갑자기 세상을 떠난 것이다. 가족들은 의료사고라 하고 또 누군가는 아니라고도 했지만 엄연한 것은 그녀가 죽었다는 사실이었다.

소식을 듣고 허둥거리며 병원으로 달려간 친구들 앞에 그녀의 낯익은 얼굴은 벌써 검은 테에 둘러쳐진 사진으로 남아 있었다.

"목숨, 너는 얼마나 아름답기에 이토록 흰 눈처럼 스러지는가."

나는 어디서 읽었는지도 알 수 없는 이런 구절을 속으로 외면서 그녀 얼굴 앞에 망연히 서 있었다.

그녀 떠나고 봄이 되었다. 나는 문득문득 사방에 서 있는 그녀를 그리워하곤 했다. 백일홍 만발한 집 근처 봉은사를 거닐 때도 그랬고, 커피냄새가 좋은 지하철 부근의 카페에서도 그녀가 앉았던 창가의 의자를 바라보며 홀로 쓸쓸해했다. 인간 사이의 정이라는 것이 정말 가벼운 것이 아니구나 스스로 놀랄 정도였다.

문우文友인 시인 박정만이 죽었을 때도 그랬었다. 그와 나는 고등학교 시절 백일장에서 처음 만난 이래 문학을 사이에 두고 우정을 유지한 친구였다. 대학도 다르고, 나이도 그가 조금 위지만 우리는 다투어 문단에 등단했고 오랫동안 좋은 자극을 주고받던 사이였다.

그런 그가 가난과 폭음으로 신음하다 그만 세상을 떴을 때 나는 그의 봉천동 집으로 달려가 두 눈이 퉁퉁 붓도록 울었다.

반지하 초라한 그의 집에는 벌써 여러 문우들이 와 있었고 작은 책상 위에는 주인 잃은 빨강색 전화기가 덩그마니 놓여 있었다.

"나 또 시가 써져버렸어" 하며 새벽이건 심야이건 나에게 저 전화기에 대고 시를 읽었겠지…… 이런 생각을 하니 그의 음성과 외로움이 칼로 에이는 듯 전해져왔다.

친구의 죽음을 떠올리면 또 한 사람의 죽음을 빼놓을 수 없다.

거뭇한 턱수염을 기르고 키가 껑충하니 큰 화가 정찬승이다. 그와 처음 인사를 나눈 것은 우리가 20대일 때 인사동 어느 화랑에서였다. 그는 당시 신문지상을 뜨겁게 달구며 화제를 모으고 있었다.

음악 감상실 '세시봉'에서 파격적인 해프닝을 벌인 데 이어 한강

모래 위에서 한 여성 화가와 함께 나체에 페인트칠하며 그야말로 아방가르드한 퍼포먼스를 벌임으로써 격렬한 화제를 불러모았던 화가였다.

나는 그때 예술가로서의 그의 실험정신을 높이 사면서도 나체로 풍선을 터뜨리고 온몸에 페인트를 들이붓는 화제성 해프닝(?)에 대해서는 다소 의심의 눈초리를 보내기도 했었다. 그래서 그에게 괜히 쌀쌀맞게 굴었었다.

당시로서는 충격이라는 말로밖에는 달리 표현할 수 없을 정도로 급진적이었던 그를 다시 만난 것은 한참의 시간이 흐른 뒤 뉴욕에서였다.

늦은 유학길에 오른 내 앞에 그는 여전히 꺼벙한 포즈로 만면에 순한 웃음을 머금고 나타났다. 그는 한국에서 쫓겨나 파리를 떠돌다가 드디어 뉴욕에 입성했다고 했다.

그가 쫓겨난 것은 지금은 세계적인 비디오 아티스트로 알려져 있지만 그때는 알아보는 이가 많지 않았던 백남준과 함께 명동 국립극장에서 벌인 〈피아노 위의 정사情事〉라는 연극 때문이었다고 누군가 귀띔해주었다.

그 연극에서 그는 피아노 위에서 정사를 벌이는 남자 역을 맡았다가 풍속사범으로 몰려 곤욕을 치렀다고 했다. 하지만 직접적인 원인은 그의 장발 때문이었다고도 했다.

자유분방하고 언제나 새로운 것에 탐닉하는 그가 발랄한 도시 뉴욕에 닿게 된 것은 당연한 귀결 같았다.

그때 참을 수 없이 진부한 일상으로 낡아가던 나에게 그의 벌거벗은 순수함은 경이롭기만 했다. 새롭지 않고 튀지 않는 예술도 예술일까.

그는 '정크아트'라고 하는 작업을 하고 있었다. 고물상이나 쓰레기더미에서 주워온 정크(junk, 고물)들을 노끈으로 하나하나 감아주고 이어주는 그런 작업이었다. 물론 단 한 점도 팔리기는커녕 전시조차 쉽지 않은 무모한 작업이었지만 혼신을 다하고 있었다.

그런 그가 한국에 있을 때는 한 여성화가의 결혼식에 주례를 섰던 일도 있었다. 그때 신부인 그 여성화가는 블루진 바지 위에다 웨딩드레스를 덮쳐 입고 나와 하객들을 깜짝 놀라게 만들었다고 한다.

수말처럼 자유로운 주례선생님과 파격적인 신부, 겁 없는 무일푼의 사랑. 결혼이라는 제도 속에다 집어넣기에는 참으로 위태하고 그로테스크한 것들이었다. 그 여성화가는 그 후 아주 유명한 화가가 되어 다방면으로 활동하다가 최근에 세상을 떠났다.

뉴욕에서 돌아와 얼마 되지 않은 어느 날, 나는 아침 신문에서 화가 정찬승의 부음 소식을 보았다.

영어를 잘하지도 못하면서 '아티스트'라는 말을 할 때면 꼭 미국식으로 '아리스트'라고 발음하던 그의 허스키한 목소리가 귀에 쟁쟁했다.

친구인 황석영은 그를 두고 이렇게 말했다. "예술이 주는 보상에 대해 정찬승만큼 철저하게 관심을 두지 않은 사람은 없었다"라고. 그는 철저히 자유롭고 철저히 아방가르드한 얼굴을 가진 진정한 예술가였다.

웬일일까. 나는 생명력 왕성한 녹음의 계절이 되면 떠나간 얼굴들이 더욱 그리워지곤 한다.

꽃이 무성하게 피어나는 큰 꽃나무 밑에는 반드시 죽은 사람의 혼이 들어 있다는 설화를 읽은 적이 있다. 그러고 보니 미당未堂의 절창 가운데 "눈이 부시게 푸르른 날은 그리운 사람을 그리워하자"라는 구절도 떠오른다.

인간은 참 오묘한 동물이다. 가장 행복한 순간에 눈물을 글썽이고, 가장 눈부신 생명의 계절에 생의 유한성과 덧없음을 떠올린다.

두 손을 가만히 모아본다. 따스한 체온이 전해져온다. 이것이 그 위대하다는 인간이 가진 그 위대한 사랑일까.

사막에서 만난
두 여성시인

"사막을 걸었다."

이렇게 시작되는 「불면」이라는 시로 나는 스물두 살에 등단했다.

그런데 그로부터 40여 년이 지난 지금까지도 나는 여전히 사막을 홀로 걷는 불면不眠이라는 지병을 앓고 있다. 창작을 위한 대탐험으로서의 사막이 아니라, 모래와 마른풀이 서걱이는 고통스러운 밤의 떠돌이로 사는 것이다.

그날 밤도 그랬다. 잠 속으로 들어가려고 온갖 아첨을 하다 지쳐 그만 싸늘하게 자리를 털고 일어나 텔레비전을 켰다.

침대 맡에는 이미 효용가치를 상실한 온갖 책들이 패잔병처럼 흩어져 있었고, 눈은 다소 충혈되어 텔레비전의 불빛조차 따갑기만 했다.

새벽 3시의 텔레비전은 얼마쯤 지난 필름들을 유령의 그림자처럼 돌리고 있었다. 화면 속에는 얼른 보기에도 몹시 궁핍한 움막

같은 농가를 배경으로 백발의 한 할머니가 늙은 장애인 딸을 간신히 마루 위로 끌어올리는 장면이 전개되고 있었다.

할머니가 끌어올리는 딸의 무게는 시시포스의 바위보다 훨씬 더 절망적인 무게로 다가왔다.

나는 빨려들어가듯 그 화면 속으로 몰입해가기 시작했다.

아흔이 다 된 어머니가, 일흔이 넘은 장애아 딸을 돌보며 내뱉는 언어가 범상치 않은 시적 감동을 자아냈다.

"내가 죽으면 저것 혼자 이 넓은 세상을 어찌 살까 싶어 저것을 먼저 묻고 갈라고 눈물로 밥을 삼고 살고 있소, 잉."

세상 어떤 시보다 슬프고 절절한 구절들이었다. 할머니는 이 시대의 어느 여성시인보다도 탁월한 여성시인 같았다.

어린 시절부터 성장이 멈추어 미숙한 딸의 늙은 얼굴을 씻기고 있는 화면 위로 내레이션이 지나갔다.

"원래 할머니에게는 든든한 아들이 있었다. 그런데 그 아들이 서울로 돈을 벌겠다고 떠난 후 아들은 얼마 안 되어 그만 교통사고로 세상을 떠나고 말았다."

마을 어귀 갈대 우거진 큰 바위 위에 할머니가 앉아 먼 곳을 바라보고 있었다. 그녀의 흰 머리칼이 바람에 날리고 할머니는 혼자 마지막 독백을, 아니 시를 이렇게 읊조렸다.

"서울아, 서울아, 뭐 할라고 생겨갖고 내 아들을 데려갔냐?"

나는 울었다. 깊은 밤에 혼자 울고 또 울었다.

이보다 감동적인 시를 근래에 만나지 못한 것 같았다.

그런데 그날 밤 무슨 기적인지, 나는 또 한 분의 탁월한 여성시인을 만났다.

무슨 〈러브 하우스〉인가 하는 오래된 프로그램이었다. 개그맨이 건축가와 함께 처지가 딱한 어떤 집을 무료로 집수리를 해주는 프로그램이었다.

병으로 퉁퉁 부은 남편과 셋이나 된 아이들을 돌보느라 마흔을 갓 넘긴 그녀는 몹시 지쳐 보였다. 곰팡이가 핀 반지하에 낡은 세간들이 생존을 위한 마지막 사투를 벌인 듯 널브러져 있었다.

텔레비전은 마술처럼 그 집에다 자본의 혜택을 입히기 시작했다. 최신식 부엌에 양변기를 놓아주고 교묘히 창구멍으로 햇살까지 끌어오는 데 성공했다.

드디어 화면은 그 마술의 현장을 가린 채 가족을 일렬로 그 앞에 세웠다.

자, 감동해주세요. 가난한 가족이여. 자본과 선심의 대가를 당신들은 눈물과 놀란 표정으로 표현해주어야 이 프로그램이 성공할 수 있답니다…… .

개그맨은 내부공개에 앞서 뜸을 있는 대로 들였다. 그러다가 드디어 짜잔! 하고 현관문을 열었다. 아이들이 환호하며 새 침대 위에 올라가 발을 굴렀다.

그런데 퉁퉁 부은 아버지는 희로애락조차 상실한 듯 아무 말이 없었다. 카메라는 어머니인 그녀를 지목했다.

자, 어서 한마디 해주세요. 웃어주세요…… 하지만 그녀는 난감한 표정으로 서 있었다. 웃어본 지가 너무 오래되어 전혀 생각이 안 나는 듯 아니 심지어 자존심이 깊이 상한 복잡한 그런 표정 같기도 했다.

"어떠세요? 네?" 개그맨이 다그쳤다. 카메라의 앵글은 그녀를 확대 포위한 채 기어코 무슨 말을 받아내고야 말겠다는 심산이다. 드디어 그녀는 처음 말을 배우는 사람처럼 더듬거리며 이런 시구 詩句를 겨우 뱉어냈다.

"슬프게 기뻐요."

우리들의 춥고
어두운 밤거리

날씨가 몹시 추운 겨울밤이었다.

성탄 전야였던가, 어쩌면 제야의 밤이었던 것도 같다.

나는 그날 밤 일어난 일이 너무 소중하고 신기해서 가슴 가장 깊은 곳에 묻어두고 있다.

뉴욕에서 모처럼 귀국한 친구를 만나 남산에 있는 한 식당에서 저녁을 먹고 집으로 돌아오던 중이었다.

젊은 날, 뉴욕에 살 때 함께 외로움을 나누고 위로했던 친구였다. 가난했지만 열망으로 가득했던 그 시절은 이제 그리움으로 남아, 우리들을 밤 깊도록 추억에 젖게 만들었다.

그런데 그 친구와 헤어져 모처럼 상승된 기분으로 동호대교를 막 건너려던 참이었다. 때가 때인지라 혹시 음주 운전자라도 있을지 몰라 신중하게 운전을 하고 있었는데 그런데 이게 무슨 날벼락인가. 차가 옥수동 터널을 막 지나 동호대교로 진입을 할 찰나, 쾅! 하며 울려오는 큰 충돌음에 가슴이 철렁 내려앉았다. 얼른 길 옆에다 차를 세웠다. 누군가 나의 차를 뒤에서 들이받은 것이었다.

곧바로 내 차 옆으로 한 얼굴이 다가왔다. 그는 백배사죄를 하는 시늉으로 연신 머리를 주억거렸다. 앳돼 보이는 한 청년이 추위에 오들오들 떨고 있었다. 먼지가 잔뜩 묻은 인조 털 모자 속으로 겁에 질린 그의 눈동자가 보였다. 그가 탄 퀵서비스 오토바이는 아주 낡은 것이었다.

나는 순간 생각했다. 수백만 원이 넘는 손해가 난다 해도 이 추운 밤, 그 청년에게 나의 자동차 수리비를 청구할 수는 없다고 생각했다.

"됐어요. 그냥 가세요." 나는 차에서 내려 뒤 범퍼를 확인하려다 말고, 운전석에 앉은 그대로 청년을 향해 이 말을 남기고 자동차 유리를 올려버렸다.

머리를 여러 번 조아리고 어둠 속으로 휑하니 사라지는 청년의 뒷모습을 보며 나는 혼잣말처럼 이렇게 뇌었다.

"내 선물이니 받아요. 오늘밤 어쩌면 내가 당신의 산타인지도 모르겠네요."

나는 그대로 집을 향해 차를 몰았다. 그러나 집이 가까워올수록 은근히 화가 나고 신경이 쓰였다.

"아마도 범퍼를 고치려면 견적이 100만원, 아니 200만원은 넘을 거라"는 생각이 들어 자꾸만 얄팍한 나의 지갑을 떠올려보게 되었다.

그러나 정말 어쩔 수 없는 일이었다. 혹시 그보다 더한 금액이 청구된다 하더라도 이 추운 밤, 혹한의 바람 속에 떨고 있는 퀵서비스의 청년을 향해 도저히 수리비를 청구할 수는 없는 노릇이었다.

드디어 나의 아파트에 도착하자마자 나는 주차장 한쪽 불빛 밝은 곳에 차를 세웠다. 그리고 기도하는 마음으로 차에서 내려 자동차 뒤쪽 범퍼를 두 눈을 부릅뜨고 살피기 시작했다.

그런데 이게 무슨 일인가? 자동차는 아무리 살펴봐도 멀쩡했다. 혹시나 해서 양쪽 백미러와 문짝들을 세세히 살펴보았지만 역시 깨끗했다.

이건 기적이었다. 내가 그 청년과 헤어져 집으로 돌아오는 사이, 신(神)이 와서 슬며시 고쳐준 것임에 틀림없었다.

차체가 휘청하니 흔들릴 만큼 꽝 소리가 났고, 그 서슬에 내 몸마저 출렁거렸는데 이리도 말짱할 수 있단 말인가.

그러고 보니 산타의 선물을 받은 것은 바로 나 자신인지도 모를 일이었다. 그것을 마치 무슨 큰 선심이나 베푼 듯 거들먹거리며 엉터리 견적을 떼고 돌아온 내가 부끄러웠다.

그 옛날 읽었던 김소운의 수필에 이런 대목이 나온다.

한 부인이 시장에서 물건을 잔뜩 사서 양손에 들고 나오는데, 건널목 저편 구멍가게 아저씨가 달려와 말없이 그 물건들을 들기 좋게 끈으로 묶어주는 것이다. 그녀는 이유 없는 친절에 놀랐지만, 아저씨는 먼발치로 보았던 것이다. 그녀가 시장 입구에서 장애인이 파는 물건 몇 가지를 두루 사서 무거운 시장바구니 속에 넣는 것을……

사랑이 사랑을 낳는 것이라고나 할까. 화해, 용서, 평화…… 이런 것들은 정치인들의 구호나, 중동의 협상 테이블 위에만 있는 것이 아닌지도 모를 일이었다.

우리들의 춥고 어두운 밤거리에서도 무수히 피어날 수 있는 것이었다.

그날 밤, 퀵서비스 청년이 날라다 준 선물을 나는 어떻게 하면 빨리 또 전달할 수 없을까 속으로 조바심을 쳤다.

어느 도시마다 그 도시를 살았던 빼어난 사람들의 기억을 몇 가지쯤은 보물처럼 간직하고 있다.

우리가 여행을 할 때면 그래서 거대한 유적이나 기념물에서 감동을 받기도 하지만 그보다 그곳을 살았던 사람들의 체취와 흔적에서 더 큰 친근함과 의미를 느끼는 것이 사실이다.

파리나 뉴욕이 아름다운 것은 에펠탑이나 노트르담 성당이나 자유의 여신상이 아니라 수많은 예술가들이 그곳에서 영감을 얻고 살았기 때문임은 말할 것도 없다.

프라하에서 카프카나 모차르트나 스메타나의 흔적을 더듬고, 쿠바를 떠올릴 때면 먼저 체 게바라나 헤밍웨이를 떠올리게 되는 것은 너무도 자연스러운 일이다.

태국의 방콕에 갔을 때였다. 방콕은 남방불교의 화려한 유적들과 사철 푸른 해변이 아름다운 곳이지만 그동안 저가의 관광상품으로 인해 격조 있는 이미지를 풍기는 도시는 아니었다.

그런데 『달과 6펜스』의 작가 서머싯 몸이 한때 소설을 썼다는 오리엔트 호텔에 가보고는 전혀 다른 감동을 받았다.

대문호의 흔적을 자랑스럽게 간직하고 있는 그곳은 동시에 깊고 그윽한 불국토의 격조를 새삼 맛볼 수 있게 만드는 유서 깊은 분위기를 고스란히 유지하고 있었다. 정말 인상적이었다.

최근에 방문한 중국의 쳉두成都라는 곳이 그랬다. 중국은 두보와 이백을 비롯하여 근대의 노신에 이르기까지 수많은 문인을 배출한 나라이지만 쳉두라는 도시에서 여성시인 설도薛濤의 흔적을 보는 것은 더없는 감격이었다.

설도는 당나라 때의 여성시인으로 원래는 장안 태생이었는데, 아버지를 따라 이곳에 와서 살았다고 한다. 도시 한쪽에 아름다운 설도 공원이 있었고 거기에는 그녀가 좋아했다는 창포와 대나무가 만발해 있었다.

두 마리의 사자를 지나가면 그녀가 종이를 떠서 썼다는 기록을 증명이라도 하듯이 우물가에 서 있는 아름다운 설도의 입상을 만날 수 있었다. 다소 통통해 보이는 매력적인 모습과 함께 이지적이요, 아름다운 시인의 얼굴이 참으로 인상적이었다.

꽃잎은 하염없이 바람에 지고
만날 날은 아득타 기약이 없네

　　무어라 맘과 맘을 맺지 못하고

　　한갓되이 풀잎만 맺으려는가……

　우리에게 잘 알려진 가곡 〈동심초〉는 그녀의 시 「춘망사」 네 수 중에 셋째 수를 번역한 가사이다. 물론 원문이 한자로 되어 있지만 김소월의 스승이기도 한 시인 김안서의 명번역으로 인해 더욱 가슴을 저리게 만드는 절창이다.

　사천성에 있는 이 도시는 문화도시의 면모를 유감없이 새기고 있어 설도공원 외에도 두보초당을 비롯하여 유명한 무후사가 있어 문화적 깊이를 더해주고 있는 도시였다.

　　바람에 꽃이 지니 세월 덧없어

　　만날 날은 뜬구름 기약이 없네

　　무어라 맘과 맘을 맺지 못하고

　　한갓되이 풀잎만 맺으려는고

　나는 그때 공원을 돌며 〈동심초〉를 속으로 2절까지 읊조려보았다. 그녀의 시 작품은 「춘망사」 외에도 여러 편이 우리나라에 더 번역되어 있다.

　세계가 자꾸 한마당처럼 가까워지는 시대. 한국과 서울을 방문하는 세계의 사람들은 우리에게서 어떤 이미지를 떠올릴까.

아직까지도 한국전쟁만을 떠올리지는 않을 테지만 혹시나 이태원이나 동대문시장이나 혹은 최근 한류에 등장하는 배우의 얼굴이나, 케이팝의 멜로디 정도를 떠올리다가 돌아가는 것은 아니기를 바랄 뿐이다.

한때 스치는 바람이 아니라 시간이 지날수록 그 의미나 가치가 더욱 깊어지는 것을 우리는 고전이라 부른다. 경제의 규모에 비해 문화적 이미지나 인물이 아직은 많지 않다는 것이 마음을 늘 서늘하게 한다.

여성시인의 자살

자살이라는 충격적인 죽음을 맞은 후, 이제는 하나의 신화로 자리를 잡아가는 미국의 여성시인 실비아 플라스의 『일기』에 매혹되어 있는 동안, 나는 한 젊은 여배우의 자살 소식을 또 들어야 했다.

실비아의 자살 원인이 우울증이었다고 하는데 그 여배우 역시 최근에 우울증 치료를 받았다고 한다.

미모와 재능과 젊음을 지닌 사람들을 죽음으로까지 몰고 가는 그 깊은 우울증 속에 도사리는 트라우마(trauma, 마음의 상처)를 생각해보며 흠칫 몸서리를 칠 수밖에 없었다.

겉으로는 성공한 것처럼 보이고 화려한 명성을 얻은 것 같지만 기실 인간의 내면풍경을 살펴보면 그 겉과는 정반대로 사막처럼 거칠고 살벌한 경우가 허다하다.

기실 누군들 한번쯤 자살을 떠올려보지 않는 사람이 있으랴.

거미줄처럼 얽힌 생의 아픔과 상처로 외로울 때, 아니 벼랑 끝에 서 있는 것 같은 절망으로 무릎이 꺾일 때 "정말 칵, 죽어버리고 싶은" 순간을 우리는 남모르게 겪으며 살아가고 있는 것이다.

내가 처음 목격한 자살은 다섯 살인가 여섯 살 때였다.

전쟁이 끝나고 우리 마을에 겨우 평화가 찾아온 봄날이었다. 마치 불길한 전염병의 소식처럼 온 동네에 "알밤이가 죽었다"는 소문이 퍼졌다.

알밤이? 그는 동네 사람들이 칠푼이라고 놀리며 바보취급을 하는 지능이 좀 모자란 사람이었다. 겁도 없이 우르르 골목을 뛰어가는 아이들을 따라 나도 마을 뒷산 쪽으로 갔다.

거기 누구네의 밭 한가운데 까치집이 두어 개 얹혀 있는 큰 느티나무에 홑이불처럼 그는 걸려 있었다.

목을 맨 알밤이었다. 어린 나는 그 풍경이 오금이 저리도록 무서워서 혼비백산 집으로 돌아와, 며칠 밤을 땀을 흘리며 무섬증에 떨었었다.

나 또한 그를 알밤이라고 불렀지만 그는 기실 나이가 많은 분이었다. 동네의 궂은일은 도맡아 했지만 전쟁의 후유증인지 어딘가 많이 부족하여 어른이고 아이고 간에 그를 알밤이라 부르며 툭하면 걸음걸이를 흉내내고 혀 짧은 그의 말투를 따라하며 괴롭혔다.

그날따라 더욱 짙푸른 봄 하늘 아래 하얗게 걸린 그의 주검은 지금도 선명한 이미지로 각인되어 있다.

　뻐꾸기가 울고 사방에서 꽃들이 막 피어나고 있는 아름다운 봄 속에 기막히게 단호한 침묵으로 생을 닫아버린 한 인간의 통렬한 절망은 후에 나의 글과 시에 몇 번이고 등장하리만치 강렬한 것이었다. 그는 결코 바보가 아니라 이상하게도 생을 초월한 신비한 현자로 나의 기억 속에 살아 있기도 하다.

　나는 또 하나의 슬픈 한 청년을 떠올린다. 그를 만난 것은 사춘기가 막 시작되던 중학교적 여름방학이었다. 시인 실비아 플라스가 그녀의 일기(『실비아 플라스의 일기』, 문예출판사, 김선형 옮김)에다 적어놓았다는 루니 맥니스의 「새벽연가」처럼 그 청년은 내 청춘의 '새벽연가' 같은 얼굴이다.

　　날카로운 사과처럼 삶을 한입 베어 물고
　　물고기인 양 삶을 타며 행복했다면,

　　하늘의 푸르름을 손끝으로 느껴보았다면,
　　더는 그 무엇을 기다리며 살아가랴?

　　신들의 황혼은커녕 누런 회색의 벽돌들로 찾아오는
　　삭막한 새벽, 그리고 전쟁을 외치는 신문팔이 소녀들뿐.

대학 입학 합격자 발표가 나기 시작하던 그해 눈 오는 겨울날이었다. 그가 나를 찾아왔다. 중학교 때 고향집에서 여름 방학을 보내고 있을 때 옆 마을에 사는 우리 외삼촌댁에 놀러 와 알게 된 소년이었다.

그는 빼어난 수재이지만 집이 가난하여 독일인 선교사가 대주는 학비로 정식 인가가 난 학교가 아닌 고등공민학교에 다닌다고 했다. 하지만 그의 외모 어디에서도 가난의 흔적은 보이지 않았다. 단정한 운동모자를 눌러쓰고 테니스를 치는 그의 모습과 유난히 고르고 하얀 치아는 오히려 어느 부잣집 귀공자보다 더 귀티를 내보였다.

한여름 동안 우리는 함께 놀며 참 많은 얘기를 나누었다. 어머니가 삼촌에게 귀띔하여 그를 돌려보내게 했을 만치 우리는 서로 좋아했다. 책 이야기랑 앞으로 갖게 될 대학생활에 대해서도 많이 얘기했었다.

헤어질 때 그는 독일 우표를 나에게 선물로 주었고, 대학에 가서 만나자는 약속도 잊지 않았다. 그리고 그는 아마도 조금 울었던 것 같다. 떠나는 순간 몰래 눈물을 훔치던 그를 나는 언뜻 보았다.

그 후 우리는 편지와 사진을 서로 주고받았었다. 그로부터 3년 후, 그가 당시 최고득점자들이 들어가는 공과대학에 합격하여 다시 나를 찾아왔을 때 나는 우습게도 그를 알아보지 못했다.

나는 그즈음 여고생으로서 최초의 시집을 출판한데다, 학생잡지의 화보에 등장하는 등 화제의 중심에 있던 문학 소녀였다.

중학생 시절 여름방학에 잠깐 만난 시골 소년과의 추억을 그토록 깊이 기억할 만치 순정(?)소녀가 아니었는지도 모를 일이었다.

주소를 들고 우리 집 대문 앞에 서 있는 그를 대번에 알아보지 못하고 "누구시죠?"라는 말을 내뱉었을 때 그는 한동안 말을 잃은 듯 그 자리에 멈춰 서 있었다. 그리고 이내 찬바람을 일으키며 획 돌아섰다.

얼마 후에야 겨우 그를 기억해내고는 버스 정류장으로 뛰어나갔을 때 그의 그림자는 이미 어디에도 없었다.

그리고 두어 달 후 나는 그의 자살 소식을 들었다. 극도의 가난을 비관했다는 것이 주위 사람이 전해준 그의 자살 이유였다. 나는 한동안 아무도 몰래 그에게 말을 하는 버릇을 갖게 되었다.

"너 나빠, 왜 그랬어?…… 아니 미안해……."

무슨 언어로도 타인의 죽음을 말할 수는 없다. 자살을 놓고 해석을 부여하며 화제를 삼는 것은 더욱 안 될 일이다.

죽음을 대하는 시각과 태도야말로 한 사회의 성숙도가 될 것이다. 나중에 역시 시인이 된 실비아의 딸이 어머니 실비아 플라스의 죽음을 영화로 만든 BBC를 향해 분노하며 쓴 시를 음미해볼 만하다.

(…)

땅콩을 주워먹으면서

내 어머니의 죽음을 보고 즐긴 사람들은

그녀의 추억을 각각 하나씩 들고 집으로 가겠지

생명이 없는–기념품

아마 그들은 비디오를 살지도 모른다.

그녀만큼 광적이고
그녀만큼 강렬하게

유명한 배우나 가수를 좋아하고, 또 그를 실제로 만난 경험을 더러 가지고 있을 것이다. 나는 가끔 생각한다. 내가 좋아하고 그리고 내가 만난 사람 가운데 가장 유명한 사람은 누구였을까.

악수를 하거나 말을 나누지는 않았지만 내가 직접 본 사람 가운데 잊을 수 없는 사람이 '안소니 퀸'이라는 배우이다.

뉴욕 브로드웨이에서 뮤지컬 〈조르바〉를 공연할 때였다. 그날이 공연의 마지막 날이었을 것이다. 나는 큰마음 먹고 가난한 지갑을 털어 그 마지막 공연을 보았었다. 명배우 안소니 퀸의 이름에 손상이 없을 만치 뮤지컬은 대단했다. 관객의 열광도 더없이 뜨거웠다.

그런데 조르바 안소니 퀸이 마지막 장면에서 무대 앞에 앉은 관객을 무대 위로 끌어올리는 것이 아닌가. 그 낯익은 희랍 춤을 관객과 함께 추자는 것이었다.

나는 지금도 후회한다. 왜 그때 무대로 뛰어올라가서 함께 춤을 추지 않고 객석에서 박수만 쳤던가.

나는 그때 너무 싼 좌석을 구입하여 2층 맨 꼭대기에 앉아 있었던 것이다.

더구나 나는 그리스인 '조르바'와, 〈노트르담 드 파리〉의 꼽추 '콰지모도'와, 전신에서 불을 뿜는 것 같은 '안소니 퀸'이라는 배우가, 하나의 눈부신 신화의 덩어리가 되어 나를 천 도로 감전시키는 바람에 그만 넋이 나갔던 것이다.

지금도 뉴욕의 그날 밤을 떠올리곤 싼 좌석의 표를 한탄하고 동시에 입가에 그리움의 미소를 피워올리곤 한다.

한국 배우 가운데도 내가 그렇게 좋아했던 한 배우가 있었다.

그녀는 춘향이보다는 향단이었고, 콩쥐보다는 계모 역에 더 어울리는 배우였다. 개성이 불같이 강한 여배우로서, 주로 악역과 요부에 더 어울리는 배우였다.

한국의 이상적 여인상으로 조용하고 소극적인 모습의 여인상만을 그리고 있던 시절, 어떻게 그토록 뜨겁고 당당한 개성을 내뿜는 여배우가 있었을까.

그녀는 바로 도금봉이라는 배우였다. 한국 여배우사女俳優史에 그녀만큼 광적이고 그녀만큼 강렬한 개성과 이미지를 지닌 배우를 나는 아직까지 본 적이 없다.

내가 초등학교 6학년 때였다. 그녀가 주인공인 영화가 나왔는데 바로 〈유관순〉이라는 영화였다. 나는 그 영화를 보고 침식을 잃을 지경이었다. 너무 잘해서 너무 기막히고 너무 아름다웠다.

소녀 유관순의 펄펄 끓는 자유혼, 일본 경찰의 억압과 잔혹성에 깜장치마 흰 저고리로 맞서 싸우는 열여섯 살 소녀 관순을 도금봉은 유감없이 전신으로 표현하고 있었다.

나는 장차 문학가를 꿈꾸던 문학소녀였지만, 그녀의 영화를 본 뒤 그만 장래의 희망을 배우로 수정하고 싶을 지경이었다. 그녀처럼 눈부신 감동을 주는 배우가 되어 인간 속에 숨은 미의 극치를 표현하고 싶었다. 또한 유관순처럼 신념을 온몸으로 구현하는 투사 같은 정치가가 되어 불의와 맞서 싸우고 싶었다.

결국 나는 그로부터 이십여 년이 흐른 뒤에 유관순의 자유혼을 주제로 한 장시長詩 「아우내의 새」를 쓰게 되었다.

군부독재로 이어지는 한국 정치사의 와중에서 신념을 입으로 말하지 못하고 침묵으로 일관하고 있었던 나는 비겁한 지성에 대한 작가로서의 참담함을 유관순을 통하여 대신 표현했었다.

우리는 열여섯 살의 유관순, 그녀를 열사라거나 누나라는 관념어 속에 가두어놓고 그녀의 진정한 정신과 생명성을 잊고 있는 것은 아니었을까.

나는 유관순의 생생한 흔적을 찾아 그녀가 만세를 불렀던 충청도 천안 아우내장터로, 그녀의 생가로, 밤새워 봉화를 올리던 매봉으로 돌아다니며 한 편의 장시로 형상화해보려고 애썼다.

그때 나에게 겹치어 떠오르던 이미지는 바로 어린 시절 도금봉이라는 여배우가 영화 속에서 던져주었던 그 불꽃같은 이미지였음은 말할 것도 없다.

그리고 연전의 일이다. 나는 드디어 난생처음 삼청동 반지하 한 작은 식당에서 내 어린 소녀시절의 신화였던 그 여배우를 직접 만나게 되었다.

'안소니 퀸'을 보기 위해서는 맨해튼 브로드웨이에서 오래 줄을 서야 했지만, 그녀와의 만남은 다소 달랐다.

해질녘의 작고 허름한 삼청동 식당에서 만난 그녀는 그 식당의 주인이었다. 화려했던 배우의 흔적이라고는 어디서도 찾아볼 길 없는 초로의 여인이었다.

복어를 올려놓은 가스 테이블에 물이 끓어오르자 준비한 미나리를 넣으러 왔을 때 나는 숨이 멎는 것 같은 심정을 간신히 억제했다.

소복한 그녀의 손이 미나리를 찌개에다 집어넣었다. 일경에 맞서 대한독립만세를 부를 때 태극기를 쥐고 있던 그 찬란한 여배우의 손, 40여 년이 넘는 지금도 또렷하게 떠오르는 손이었다. 나는 미나리를 쉽게 목구멍으로 넘기지 못하고 자꾸 기침을 했다.

동행한 분이 나를 그녀에게 소개했다. 아무 감흥이 없는 그녀의 표정에서 수많은 파도와 수많은 희로애락이 지나간 자리의 폐허와 침묵을 읽을 뿐이었다.

그래도 나는 떨리는 음성으로 그녀에게 난생처음의 인사를 했다. "선생님의 팬이었습니다." 그리고 당신의 그 혼신의 연기 때문에 십여 년이나 헤매며 공들여 「아우내의 새」라는 장시를 쓸 수 있었다는 고백도 덧붙였다.

그 후, 한참의 시간이 흐른 후 나는 다시 삼청동에 갔다. 혹시나 하고 그녀의 흔적을 찾았다. 소복한 손으로 미나리를 넣어주던 그 식당의 간판은 어디에도 없었다.

그녀는 어디론가 떠나고 없었다. 그분의 타계 소식을 들은 것은 그로부터 얼마 후였다.

요즘 텔레비전 뉴스는 툭하면 중국과 일본, 심지어 유럽에까지 부는 한류韓流의 광풍을 소개하고 있다. 유명 스타를 찾아 열광하는 인파와 아우성치는 공항의 풍경이 카메라에 크게 확대되기도 한다.

십 년이 흐르고, 또 십 년이 흐른 후, 저 많은 사람들은 모두 어디에서 무슨 생각을 하며 살고 있을까.

우리가 무엇인가를 안다고 생각할 때

오래 전 읽은 시 한 편이 되살아나 불현듯 나를 깨울 때가 있다.

이 시는 단순한 표현의 문제를 뛰어넘어 인간을 바라보는 근본을 뒤흔들어놓음으로써 나의 가슴을 감동으로 몰아넣는 그런 시이다.

혹시 아시는 분도 있을 것이다. 「바우리히 중사」라는 매우 특이한 제목을 가진 독일의 의사시인 케스트너의 시이다.

"바우리히 중사, 그가 우리 중대로 배속되어 온 것은 그 일로부터 여섯 달 전입니다. 우리는 그에게 참 많은 것을 배웠습니다." "받들어 총" "엎드려 쏴" "거총" "발사"

이 시는 이렇게 시작되고 있다.

바우리히 중사는 누군가 몸의 균형을 잃고 넘어지기라도 하면

메마른 땅에 침을 뱉으며 "이런 병신같은 원숭이 새끼, 대가리 박아" 하며 훈련병들을 황무지로 끌고 가서 무릎과 팔꿈치에서 피가 나올 때까지 엉금엉금 기어다니게 만들었다.

말하자면 그는 어린 병사들이 그를 통해 인간에 대한 증오라는 것을 배웠다고 할 정도로 몹시 혹독한 인간이었다. 병사들은 그래서 숨을 헐떡이며 그에게 대답했고 그는 하늘을 향해 뻐꾸기처럼 웃었다.

그리고 그가 침을 뱉고 고함을 지르고 욕을 할 때면 속으로 그를 짐승이라고 불렀다. 그러나 시는 이렇게 끝을 맺는다.

"그를 생각하면 지금도 내 마음은 찌르는 듯 아파오고/내 심장은 놀란 듯 두두둑거립니다/견디기 힘들 만큼 어려운 일/힘겨운 일이 생기면/나는 언제나 바우리히 중사를 생각합니다/참호 속으로 날아 들어온 수류탄을/몸으로 덮어 우리를 살리고/그는 산산이 부서졌습니다"

정말 우리가 무엇인가를 안다고 생각할 때 사실은 얼마나 모르고 있는 것인지……? 지금도 그때 일을 생각하면 가슴이 서늘해진다.

유난히 춥고 눈이 많이 내렸던 겨울이었다. 나는 모처럼 벼르던 여행을 가족과 함께 떠났다. 이것저것 계획을 세워보다가 결국 여행사에서 제공하는 단체여행을 택하기로 했다.

여행이란 낯선 시간 속에 노출되면서 자유롭게 호기심을 충족시키는 것인데 개인의 자유와 호기심을 적당히 차단해버린 안전과 실비 위주의 여행코스가 못마땅했지만 그래도 가족이 함께 쉽게 움직이면서 여러 곳을 둘러볼 수 있다는 장점을 선택한 것이었다.

그러니까 그 여행은 어쩌면 여행이라기보다 관광이라고 불러야 옳은 것이기도 했다. 그런데 문제는 첫날부터 전혀 예상치 못한 곳에서 일어났다.

나는 일행 중에 한 중년 여자가 못내 마음에 들지 않았다. 절에 가면 부처님만 보면 되지 왜 쓸데없이 다른 것을 보느냐고 스스로를 말렸지만 그러나 그 여자는 여행 내내 나의 신경을 건드렸다.

파리의 호텔에서는 아침식사용으로 나온 빵들을 독점한 후 슬쩍 몇 개를 잼과 함께 핸드백에다 넣기도 했다. 비대한 몸으로 매번 시간에 늦었으며 빈 의자가 있으면 놓칠세라 달려가서 선점했다. 무엇보다도 아무 데나 끼어들어 말을 보태고 농담을 걸었다. 돈을 내었으니 절대로 즐거워야 하고 그것으로 여행비의 본전을 뽑자고 드는 것 같았다.

문제는 그녀의 남편에게도 있었다. 베레모를 예술가처럼 눌러 쓴 남편은 경제적인 여유가 한껏 있어 보였고 교양도 있었으나 아내의 그런 부분을 전혀 제지하거나 충고하지 않았다.

오히려 선물가게마다 발을 멈추고 별 소용에도 없는 물건을 그녀가 골라놓으면 기꺼이 지갑을 꺼내 값을 치렀다.

결국 참을 수 없는 순간이 왔다. 일주일을 참고 견디다가 버스가 드디어 잘츠부르크를 향하고 있을 때였다.

사방의 풍경은 천국처럼 완벽했다. 더구나 흰 눈에 덮인 중세의 성들과 수도원과 지붕들은 모차르트를 굳이 떠올리지 않더라도 눈물이 날 만큼 아름다웠다.

그런데 거기서 그 아주머니는 안내원을 붙잡고 큰 소리로 말했다. 마이크를 건네주며 유행가를 한 곡 부르라는 것이었다.

강원도 소양강에만 가도 손벽을 치고 노는데 여기까지 큰돈 주고 와서 심심하게 갈 수는 없다는 것이었다.

나는 할 수 없이 다음 휴게소에서 조용히 안내원을 불렀다.

"모차르트의 고향인 잘츠부르크에까지 와서 〈소양강처녀〉를 박수치며 부르고 흥청대야 한다면 나는 차라리 여기서 내리고 싶다"고 단단히 일렀다.

나의 강력한 제지 탓인지 다행히도 버스 안에서 마이크를 잡고 유행가를 부르는 일은 일어나지 않았다.

그리고 그다음 날 새벽이었다. 호텔에서 아침을 먹고 있는데 인근마을 소년들이 찾아와 성가를 부르고 모금함을 내밀었다. 그러고 보니 크리스마스 날인 것 같기도 했다.

그날따라 아주머니는 보이지 않고 그녀의 남편이 우리 곁에 있었다. 그는 얼마의 돈을 모금함에 넣더니 노래를 부르는 소년의 손을 잡고 문득 눈물을 글썽거렸다. 정말 뜻밖의 일이었다.

그는 나에게 말했다.

아들이 죽었다는 것이다. 이북에서 내려와 천신만고 끝에 경제적 기반을 닦았고 아들 하나가 꿈에 그리던 대학의 법대에 들어갔는데 얼마 전 그만 군대에 가서 의문의 사고사를 당했다는 것이었다.

결국 그분들의 이번 여행은 그 참혹한 슬픔을 받아들이는 아픈 새출발의 여행이었던 것이다.

멀리 알프스의 빙설이 보이는 새벽 한 호텔에서 나는 모차르트나 괴테를 입에 올리며 오만했던 자신이 부끄러워 한동안 자리에서 일어설 수가 없었다.

핸드백 파는
태양열 전문가

시인이며 태양열 전문가? 이렇게 아름다운 두 가지의 직함을 가진 분이 있다면 누군들 한 번쯤 만나보고 싶지 않으랴. 더구나 그분이 멀리서 온 묘령의 여성이라면……?

그날 점심 약속은 그래서 유난히 설렘을 주었다. 그분을 만나면 빛나는 햇살이 영감처럼 쏟아져내릴 것 같았다.

우리나라에서 열린 '세계여성대회'에 참석한 분 가운데 바로 이런 여성이 있었다. 이스라엘에서 온 여성대표가 그 주인공이었다.

그 시인과 점심을 함께할 기회가 주어졌을 때 나는 어느 때보다 기대를 안고 그곳으로 향했다. 두 나라 사이의 친분을 오래 키워온 한국 이스라엘 여성협회의 몇 분과 한국 시인 두어 분이 함께한 이 만남은 조촐하지만 따스했고 그리고 진지했다.

연전에 한국 대표 시인들의 시선집 『코리아의 사랑』이 최초로 히브리어로 번역되어 이스라엘에 소개되기도 했던 터라 우리의 만남은 처음이지만 상당한 친밀감이 있었다.

이스라엘 여성들의 사회활동은 정말 활발하다고 알려져 있다. 그중에서도 동석한 네 분 여성은 각계에서 특히 내로라하는 분들이었다. 과학자, 고고학자, 교수 그리고 박물관 관장의 직함을 가지고 있는 분들인데 상상했던 대로 자부심이 강했고 세련된 분들이었다.

점심식사 자리는 작은 축제 같기도 했다.

우리는 먼저 서로의 영역 시집에다 사인을 한 후 반갑게 그것을 주고받았다. 그리고 문학과 예술, 여성을 주제로 편안하게 담소를 이어갔다. 그분들은 특히 한국 여성작가의 문학적 주제의 특성과, 고령화 사회에서의 여성문제에까지 폭넓은 관심을 보였다.

그런데 식사가 거의 끝나고 티타임이 시작될 즈음이었다. 태양열 전문가인 그 시인이 베니스에서의 스케치가 함께 실린 그녀의 시집을 막 설명하고 난 후였다.

그녀는 불현듯 의자에서 일어나더니 식당 한편에 보관하고 있던 큰 종이백을 가지고 나오는 것이었다. 그리고 그 안에서 옷과 핸드백과 수공예 장신구를 꺼내어 하나하나 소개를 했다. 이어서 일일이 물건 값을 말하고는 당장 판매에 돌입하는 것이었다.

식사 자리는 문득 술렁거렸다. 수공예품이기에 값 또한 그렇게 만만한 것이 아니었다.

무엇보다 이만한 직함을 지니고 국제대회에 온 분이 점심식사 자리에서 물건을 판다는 것에 대해 우리들은 우선 당혹할 수밖에 없었다.

잠시 멍한 분위기 속에 서로 눈치만 보고 있었다. 일단 분위기를 파악한 후 나는 수공예품 가운데 검정 비로드에 모던한 구슬로 디자인한 핸드백을 하나 사기로 했다.

그분에 대한 무슨 체면이나 대접이라기보다는 그 핸드백 자체가 퍽 특별나고 좋아 보였기 때문이었다. 이어서 또 한 분이 블라우스를 사고 그리고 목걸이도 서로 구경했다.

그렇게 하는 동안 점심식사 자리는 금세 바자회 자리로 바뀌었다.

이 수공예품들은 이스라엘 텔아비브에 사는 재능이 뛰어난 미혼모 공예가인 어머니와 딸이 공동 제작한 것이라고 했다. 그녀는 설명과 함께 책 사이에 꽂을 수 있게 만든 작은 줄자 모양의 팸플릿도 하나씩 나누어주었다.

누군가는 내 귀에 대고 조금 지나친 것이 아니냐고 했지만 그날 점심식사 자리는 이렇게 특별한 이벤트와 함께 마무리 되었다.

돌아오는 길에 나는 뜻하지 않게 태양열 전문가로부터 산 핸드백을 다시 만져보며 생각을 정리했다. 유대인의 지혜서인 『탈무드』에서부터, 그동안 이런저런 기회에 만났던 여러 유대인들의 생활모습을 떠올렸다.

아이오와 대학 기숙사에 살 때 나와 부엌과 화장실을 함께 썼던 연극대사 전문 교수 쉘른도 전형적인 유대인이었다. 나는 그녀가 선물한 작은 일인용 커피포트와, 화분에다 색 헝겊을 붙여서 만든 기발한 화분 하나를 오래 간직했었다.

세계 최강의 민족성을 가졌다는 유대인…… 아인슈타인, 샤갈, 프로이드…… 에디슨에다 영화감독 스필버그까지…… 수많은 천재들이 유대인이다. 또한 지금까지 노벨상 수상자 가운데 무려 30퍼센트가 유대인 출신이라고 한다.

세계에 흩어져 사는 민족이 살아남기 위해서 돈의 진정한 힘과 의미 그리고 실용적인 교육을 강조한 것과, 튼튼한 네트워크를 통해 서로가 서로를 돕는 협조체제의 한 모습을 오늘 눈으로 보고 실감한 것 같았다.

유대인의 네트워크는 정말 중요한 것으로서 먼저 성공한 사람이 다른 사람을 이끌어주는 독특한 특성을 지니고 있다고 한다.

전 민족의 공동체 정신은 세계 어느 민족에서도 그 유래를 찾아볼 수 없을 만큼 강력한 결속인 것이다.

미국 내 유대인 단체가 무려 3천5백 개가 넘는다는 것은 무엇을 의미하는가. 이들은 밤낮으로 자금력과 눈부신 협조로 유대인 한 사람 한 사람이 성공으로 다가갈 수 있도록 실질적으로 밀어주고 있는 것이다.

단 한 순간의 기회조차 소홀히 흘려보내지 않는 시인이며 태양열 전문가인 그 여성대표의 철저정신이 오히려 나에게 감동을 주고 있었다.

그날 밤, 그녀의 시집과 나의 친구인 이스라엘의 시인 이미르 오르의 시집『기적』을 밤늦도록 읽었다. 또 평소에 좋아하던 렙베 나흐만의『빈의자』도 다시 꺼내 읽었다.

"깨달으십시오! 사람은 한평생 좁은 다리 위를 걸어간다는 것을…… 그러나 가장 중요한 것은 두려워 할 것이 없다는 것입니다."

"결코 절망하지 마십시오. 결코! 희망을 포기하는 것은 금물입니다. 기억하십시오. 일은 최악에서 최선으로 갈 수 있다는 것을…… 그것도 눈 깜박할 순간에……."

그러고 보니 시인이며 태양열 전문가인 그녀는 나에게 햇살이 넘치는 빛나는 영감과 힘을 주고 간 것임에 틀림없었다.

한밤중이라는 사실도 잊은 채 나는 일어나서 검은 구슬들이 대담하게 박힌 그 비로드 핸드백을 어깨에 둘러메고 활기차게 걷는 시늉을 해보았다.

새벽 숲속의 선물

어느 해 여름이었다. 무섭게 쏟아지는 폭우 속에서 나는 잊을 수 없는 선물 하나를 받았다. 문예창작 전공 학생들이 산정호수 부근 숲속에서 창작 워크숍을 하고 있을 때였다.

문학이란 원래 밀실의 작업이어서 이렇듯 함께 모여 창작 워크숍을 하는 것이 바람직한 것인가라는 의구심을 갖게도 되지만, 그래도 서로 자극을 주고, 강의시간에 못다 한 집중 강평을 나눌 수 있다는 점에서 효용가치가 큰 행사였다.

일주일 동안 계속되는 행사 기간 중 어느 오후 특강 하나를 하기 위하여 뒤늦게 그곳에 도착했다. 벌써 얼굴이 조금 탄 듯한 모습으로 나를 반기는 학생들의 모습을 보니 그들의 얼굴을 태운 것이 다만 자연의 햇살이 아니라 문학을 향한 뜨거운 열망인 듯하여 덩달아 나도 가슴이 뛰었다.

나는 영원히 초보인 창작인의 생애와, 마치 줄광대처럼 지상에 내려오면 아주 서툴고, 오직 줄 위에서 줄을 탈 때만이 행복하고 편안한 시인의 운명에 대해 이야기했다.

그런데 그때 갑자기 소나기가 퍼붓기 시작했다. 마치 모두에게 시인으로서의 운명을 예고하는 것 같았다. 나는 그날 밤 결국 서울로 돌아가는 것을 포기할 수밖에 없었다. 위험하다고 모두가 만류했을 뿐만 아니라, 시를 지망하는 학생들과 모처럼 그 숲속에서 함께 보내고 싶기도 했기 때문이다.

내일 오전 중에 해야 할 일들이 차질을 빚는 데다, 준비 없이 밤을 보내야 하는 것이 신경이 쓰였으나 어쩔 수가 없었다.

그날 밤 나는 밤 깊도록 인생과 문학을 얘기하고 자정이 넘어서야 흙집에 붙은 작은 방에서 쉬게 되었다. 한 사람이 들어가면 알맞은 방이었다. 알전구 둘레에 여름 날벌레들이 나보다 먼저 와서 날아다녔다.

이 열악한 숲속에서는 그래도 특실 가운데 특실인 셈이었다. 빗소리와 불어난 계곡물 소리만 아니라면, 이 방은 고향처럼 편안하고 아늑했다. 하지만 나는 전신이 물먹은 솜처럼 피곤했다. 창밖은 온통 검은 밤이었고 학생들은 텐트를 사용할 수 없어 급히 마련한 민박집 여기저기에서 웅성거리고 있었다. 나는 세수도 하지 못한 채 입은 옷 그대로 꼬박 깨어 있다가 새벽녘에야 겨우 새우처럼 꼬부리고 잠깐 눈을 붙였다.

그런데 얼마의 시간이 흘렀는지 꿈결처럼 문을 두드리는 소리에 나는 부스스 일어났다.

"선생니임, 세수하세요."

시를 쓰는 한 남학생의 목소리였다. 반사적으로 방문을 연 나는 그만 아! 하고 감탄사를 터뜨리고 말았다. 맑은 물을 가득 채운 세숫대야에 방금 숲에서 딴 은방울꽃 세 송이가 동동 띄워져 있는 것이었다.

순간, 어느 아름다운 여왕보다 더 호사한 사람이 된 것 같았다. 만약 폭우가 나의 발을 묶지 않았다면, 이렇게 순수하고 눈부신 선물을 받을 수 있었을까. 나는 지금도 그때를 떠올리며 홀로 미소 짓는다.

나의 삶 위로 비가 내릴 때, 뜻하지 않은 어떤 일에 부딪쳤을 때 나는 이런 생각을 해보기도 한다. 곧 비가 그치고 날이 새겠지. 방문 앞에 아름다운 소년이 '은방울꽃'을 띄운 맑은 세숫대야를 들고 나를 깨우리라.

여름 숲 속 창작 교실에 갔다가
그만 폭우에 갇히고 말았다.
외딴 흙 집 알전구에 매달려
박쥐와 함께 온 밤을 퍼덕이었다
충혈된 짐승털 냄새를 풍기며

폭우가 밤새 달려들었다

이윽고 안개가 베일을 벗자

어디서 걸어왔는지

희뿌연 아침이 이마를 드러냈다

풀들이 젖은 무릎으로

다시 떠오르는 해를 기적처럼 바라보았다

한 소년이 방문을 두드렸다

토란 잎 세숫대야에 맑은 물 채워들고

그 위에 은방울꽃 띄워놓고

어서 세수를 하라고 했다

풋풋한 시구가 첫사랑처럼 피어나는

여름 숲 속의 세숫대야 속으로

불현듯 초록산 하나가 크게 팔을 벌리더니

숨막히게 나의 입술을 빼앗아버렸다

졸시, 「숲속의 비망록」 전문

여섯째 딸의 성공

성공한 사람의 자서전을 보면 95퍼센트가 실패의 기록이라고 한다. 또한 가장 고통스럽고 비극적인 시점에서 성공의 실마리를 찾는다는 점도 성공한 사람들이 가지고 있는 공통점이다.

이런 말을 할 때마다 나의 머릿속에는 몇 사람의 얼굴이 쉽게 떠오르지만, 그중에서도 뚜렷한 인물 가운데 하나가 마거릿 생어라는 여성이다.

그녀의 이름은 일반인들에게는 다소 생소할지 모르나 현대를 사는 이로서 그녀가 세운 업적의 혜택을 입지 않는 사람은 없다.

그녀는 피임의 합법화를 이룩해냄으로써 20세기에 인류에게 가장 큰 영향을 끼친 10대의 인물 가운데 한 사람으로 뽑히기도 했다.

마거릿 생어는 세계에서 최초로 합법적인 피임의 권리를 획득했고 동시에 산아제한 운동을 이끌어낸 인물이다.

그녀의 아버지는 건강하게 80대까지 인생을 즐기며 살다가 세상을 하직한 데 비해, 어머니는 11남매를 연이어 낳고 결국 병과 가난에 시달리다가 49세에 세상을 뜨는 것을 보고 그녀는 깊은 충격을 받았다고 술회한다.

11남매 중 여섯째로 태어난 그녀에게 어머니의 모습은 언제나 중복되는 임신으로 배가 부른 모습뿐이었다.

이렇듯 잦은 출산과 임신중독증으로 병마에 시달리다가 죽어가는 슬픈 모습의 어머니로 인해 그녀는 생애를 걸고 임신의 당사자가 그 기회를 스스로 선택할 수 있는 권리를 위해 싸운 것이었다.

결국 그녀는 편견과 적대감으로 굳어 있는 사회와 싸워 많은 시련 끝에 드디어 합법적으로 피임을 할 권리를 이끌어낸 것이다. 이 일은 요즘의 관점으로 보면 결코 대단한 일같이 보이지 않을지도 모르지만 당시로서는 가히 혁명적인 사건이었다.

그녀는 지금까지 세상에서 가장 욕을 많이 먹었던 여성으로 꼽히기도 한다. 심지어 피임약과 도구를 보급함으로써 성문란을 조장한다는 혐의까지 받기도 했고, 그 외에도 완강한 반대론자들과 싸우다가 감옥행을 한 적도 있었다.

한 사회학자로부터는 인구 감소는 경제 불황의 원인이 된다는 주장과 함께, 나치독일보다 미국의 출산율이 낮아지면 국가적인 재앙이라는 당시로서는 충분히 설득력이 있는 구실과도 맞서 싸우기도 했었다.

아무튼 요즘 인구 감소의 문제가 새로운 사회문제로 떠오르고 있는 한국의 현실로 보면 조금은 전설 같은 얘기가 될지 모르지만 아주 가난한 집의 여섯째 딸로 태어난 그녀가 이룬 선각적인 업적은 시대가 아무리 흘러도 여전히 인류에게 의미 있는 공헌으로 남는다는 것만은 확실하다.

가장 고통스럽고 어려운 순간에 이런 생각을 해보면 어떨까. 어쩌면 성공의 힌트를 주기 위해 신이 내린 기회가 아닌가 하는 것이다. 그리고 조용히 자신의 주위를 둘러보면 의외로 거기에 어떤 희망의 신호가 숨어 있을지도 모를 일이다.

이것은 개인에게뿐만 아니라 어떤 조직이나 사회 혹은 국가도 마찬가지로 적용할 수 있을 것이다.

“누가 승리를 말할 수 있으랴 – 극복이 전부인 것을!”

-릴케

3부

"그녀의 그림은 폭탄 위에 매단 리본 같다."

앙드레 브르통의 말을 상기하기도 전에 멕시코의 모든 기념품 점에는 아니, 세계의 기념품 가게에는 이미 강렬하고 아름다운 그녀의 그림이 리본처럼 매달려 슬프고 아픈 운명의 소리를 사방에 내지르고 있었다.

최근 프리다 칼로의 인기는 다분히 여성주의적 프로파간다와 상업주의가 잘 조화된 것이어서 심지어 그녀 예술에 대한 변질과 희석의 위험마저 내포하고 있었다.

미겔데 마드리드에 있는 코요아칸, 작은 기념관이 된 그녀의 '푸른집'을 찾는 발걸음은 그래서 조금 복잡하고 어지러웠다.

짧은 생애에 겪은 두 번의 대형사고. 18살 때 타고 가던 버스와 전차와의 충돌로 으깨어진 골반으로 생애를 살아야 했던 것과, 스물한 살이나 연상인 거장 디에고 리베라와의 만남은 그녀의 생애

전부를 고통 속에 펄럭이게 하고도 남았다.

그녀는 그 호색한이며 당대 최고의 거장 곁에서 사랑과 결혼과 고통과 배신을 겪으며 이지러져가는 생을 찬란한 통곡으로 표현한 화가였다.

그녀의 '푸른집' 코요아칸은 멕시코시티 한복판에서 조금 떨어진 비교적 고급 주택가에 있었다. 식민지 시대의 건축양식인 적갈색 벽과 주황색 부겐벨리아 꽃들이 카리브의 햇살 속에 빛을 내뿜고 있었다.

하지만 이 거리에 얽힌 역사는 그렇게 낭만적인 것만은 아니다. 잉카를 정복한 자의 집도 이 근처 어딘가에 있고, 망명한 트로츠키가 숨어살다가 저격당한 역사도 품고 있었다.

그녀의 박물관인 '푸른집'의 푸른색 벽은 아직도 피가 흐르는 멍처럼 생생했다. 아스텍의 원색이 눈부실 만큼 잔혹하게 서로 어울려 하나의 고통의 축제, 눈부신 한 송이 비극의 꽃밭처럼 펼치어져 있었다.

"메멘토 모리! 죽음을 기억하라!"

그 푸른 벽 갈피마다 죽음을 기억하라는 듯 즐겁고 아름다운 해골들이 걸려 있었다.

그녀의 사진과 디에고의 사진으로 빼곡한 방, 한때 열정적인 사랑이 담기었던 침대, 가구들, 찻잔들이 아직도 가쁜 숨을 내쉬고 있었다.

화려한 멕시코 전통 의상인 테후아나, 레이스 달린 드레스, 꿈
으로 피어나다가 굳어버린 알록달록한 화구들…… 섬세한 기억
을 보듬고 있는 메모들을 향해 누구도 쉽게 플래시를 터뜨릴 수 없
었다. 방마다 지키고 있는 안내원들이 작은 속삭임으로 주의사항
을 말하지 않는다 하더라도 오직 그녀의 사랑과 고통의 외침에 숨
결을 모을 수밖에 없었다.

머리에 화려한 열대 꽃을 꽂은 여자…… 검은 눈썹이 붙은 이
여자는 사진사인 아버지와 인디오 후예인 어머니 사이에 태어
났다.

어린 날 소아마비를 앓은 작은 소녀는 치명적인 교통사고 이후
고통 속에 누워서 죽는 날까지 자화상을 그리며 때로는 피를 쏟고
때로는 사슴이 되어 달리고 있었다.

이마에 디에고 리베라를 그려넣은 모습은 프리다라는 여성의
운명 속에 거장 디에고 리베라라는 존재가 어떤 것이었나를 한마
디로 말하는 것이었다. 그는 그녀에게 남편이었고 아들이었고 신
이었고 연인이었고 악마였다.

침대에서 붉은 피를 쏟는 프리다가 그녀의 가슴에 박힌 철심과
얼굴에 박힌 못을 빼달라고 절규하고 있었다.

"나는 초현실주의자가 아니다. 나는 꿈을 그린 적이 없다. 나는
나 자신의 현실을 그렸을 뿐이다…… 그것이 가장 절박한 것이었
으며 내가 아는 전부였으므로 그 어떤 다른 의식보다도 절박하게

나를 뚫고 지나갔으므로."

그녀의 환상적이면서도 컬러풀한 색채와 비극적인 생애가 유럽에 알려진 것은 거의 70년대 말을 지나, 80년대가 다 되어서였다.

그녀는 마침 불기 시작한 페미니즘의 고조와 함께 폭발적으로 주목받은 여성화가가 되었다.

삶과 죽음이 피를 흘리고 있는 침대에서 철제 콜셋을 입고 눈물을 떨구고 있는 여인은 비로소 한 사람의 화가로 예술사에 인양된 것이다.

그녀의 일대기는 영화로 책으로 또는 각종 그림과 티셔츠와 열쇠고리에까지 퍼져나갔다.

먹음직스런 수박을 짝 쪼개어놓고 그녀가 붙인 제목은 '비바 라 비다! 인생만세!' 이렇게 살고 싶었던 탁월한 재능을 가진 한 예술가의 운명은 급격한 진폭으로 제멋대로 흘러간 것이다.

무릇 여성으로 예술을 한다는 것은 독가시 위에 서서 춤을 추는 것은 아닐까.

그녀의 어머니가 '코끼리와 비둘기의 결합'이라며 극구 반대했던 결혼, 힘과 당대 문화 권력의 상징이던 호색한 남편 디에고 리베라의 끝을 모르는 무자비한 색욕 앞에서 그녀는 고통에 떨며 때로 땅을 치고 통곡할 수밖에 없었다. 여동생 크리스티나와의 관계를 여동생의 고백을 통해 알게 되었을 때 그녀는 광란에 가까운 비탄과 함께 드디어 그와 결별한다.

키 큰 선인장나무가 날카로운 가시를 매달고 늘어선 푸른집 작은 정원에서 나는 숨이 가빠 에스프레소 한 잔을 주문했다. 그녀의 뜰에서 마시는 에스프레소는 썼다.

태양 아래 모든 것이 변하고 있었고 손가락 사이로 시간이 폭포처럼 흐르고 있었다. 그와의 재결합, 그리고 프롤레타리아 혁명가인 트로츠키와의 인연 등으로 이어지는 생애를 에스프레소 속에서 떠올리기에는 가슴이 심하게 먹먹했다.

마침 이곳을 관리하는 한 남자가 게으른 걸음으로 마당의 낙엽들을 쓸었다. 그의 곁에 검은 고양이 한 마리가 정령처럼 뛰어다니고 있었다. 그때 한 곳이 소란하여 바라보니 아스텍의 피라미드를 닮은 계단 위에 취재 나온 텔레비전 카메라가 돌고 있었다. 젊은 여성 리포터가 스페인어를 쓰는 것을 보니 아마도 남미 쪽 방송이 온 것 같았다.

나는 그녀의 집에 숨어 살다가 결국 바로 근처에 은닉장소를 마련한 트로츠키의 기념관으로 발길을 돌렸다. 스탈린과의 권력 투쟁에 밀려 멕시코로 망명한 트로츠키(1879-1940)를 맞이하고 있는 디에고와 프리다 부부의 사진이 떠올랐다. 암살의 공포가 아직도 푸르게 서린 그 집은 프리다의 집에서 아주 가까운 곳에 있었다.

입구에 여러 자료에서 보았던 낯익은 사진들이 이제는 떠나버린 한 시대의 태풍의 기록처럼 걸려 있었다.

암살을 두려워해서 만들었다는 유난히 높은 담장과 어둡고 음

침한 부엌과 욕실, 작은 침대, 그리고 돌연히 암살자의 도끼에 의
해 그가 살해된 서재가 서슬 푸른 음모와 투쟁의 긴장감을 품은
채 잘 보존되어 있었다.

마당 한가운데 레온 트로츠키와 그의 아내 나탈리아의 묘비명
이 세워져 있었다. 열대 꽃과 나무들이 성큼성큼 자라 시간의 무
상함을 뒤덮고 있었다.

프리다 칼로의 집에서 떠나와 멕시코의 '술 익는 마을' 데킬라
마을로 가는 길에 동행한 멕시코의 화가 움베르토는 내가 멕시코
에 온 것이 이번이 세 번째라는 말에 대뜸 "카르마!"라고 했다. 이
것은 운명이요, 업보라는 것이다. 그 말은 마치 프리다 칼로의 가
슴에 박힌 철심처럼 그대로 이번 여행의 내면의 주제가 되었다.

나는 이번 여행의 목적이었던 중남미 세계도서전에서 시낭송
을 하면서 청중들에게 이런 말로 인사를 대신했다.

"지금 제 팔목의 피를 뽑아보면 가브리엘라 미스트랄과 프리다
칼로의 피가 흐르고 있을 것입니다. 칠레의 여성시인으로 일찍이
노벨상을 받은 가브리엘라 미스트랄과 프리다 칼로, 그리고 나는
서로 먼 곳에서 태어난 사람들이지만 같은 피, 같은 운명으로 태
어난 혈연들입니다. 전설의 '요로나'처럼 영혼의 쉼터를 찾지 못하
여 떠도는 불길한 이름들이지요. 16세기 스페인에 존재했던 고추
주머니라는 울보여인 '플라니데라'도 그렇습니다."

청중은 환호로 답했고, 신문은 내 인터뷰 기사를 큰 활자로 뽑아 소개했다.

코요아칸의 '푸른집'은 그러므로 프리다 칼로의 집만은 아닌지도 모른다. 고통과 고독, 사랑과 열정으로 살다 간 여성, 사회와 역사의 타자들…… 고통의 힘으로 불같이 타올라 홀연히 뮤즈의 정원에 그 이름을 새긴 빛나는 예술가의 집인 것이다.

유명한 여자의 집은
으깨어진 골반 위에 세워진다

초겨울을 난타하는 카리브 바람 속에
음지식물처럼 소리 없이 절규하는
한 여자의 집

머리핀과 레이스 속옷
입술 자국 아직 선명한 찻잔 사이
가슴 터진 석류가 왈칵 슬픔을 쏟고 있다

이마에 박힌 호색한 남편은 신이요 악마
결혼은 푸른 꽃 만발한 고통의 신전

피 흐르는 자궁을 코르셋으로 묶어 놓고
침대에 누워
그림만 그림만 그리다가
강철같이 찬란한 그림이 된
한 여자의 집
아무것도 없었다
사랑도 광기도 혁명도

무엇으로 쓸어야 이리 없는 것인지

빈 뜰인지

시간이 있을 때 장미를 따라

지금을 즐겨라**

해골들만 몸 비틀며 웃고 있었다

졸시, 「지금 장미를 따라 –프리다 칼로* 의 집에서」 전문

작은 눈빛, 작은 말 한마디

약속된 시간에 그분들은 정확히 나타났다.

처음 만났지만 특유의 부드러운 웃음을 짓고 나타난 일행에게서 왠지 모를 친근감과 따스함을 느꼈다.

러시아, 노르웨이, 폴란드, 헝가리 등 오랜 역사를 지닌 유럽 몇 나라의 박물관에 근무하는 전문가들이었다.

박물관이라고 하면 흔히 깨어진 도자기나 오래된 양탄자나 장신구 혹은 무기 등을 진열해놓은 곳을 상상하지만 이분들은 주로 작가나 음악가 혹은 그와 연관된 예술박물관의 전문인들이었다. 그래서 그런지 표정이나 옷차림도 무척 자유로워 보였다.

나는 한국의 몇 작가와 함께 예정했던 대로 우리 '한국현대문학박물관'을 소개했다.

우리의 현대문학은 100년 남짓한 짧은 역사 속에서 분단과 전쟁을 치르는 등 여러 시련을 겪으며 발전을 해온 터였다.

그분들이 비록 톨스토이나 차이코프스키 혹은 쇼팽이나 괴테 등 세계적인 거장들의 박물관 담당자들이라고 하지만, 그래도 춘원 이광수에서부터 소월, 만해, 이상 등 우리나라의 작가 시인들과 저서를 소개하며 조금 뿌듯하기도 했다.

특별히 한 '작가의 집'을 보고 싶다고 해서 연전에 고인이 되신 소설가 한무숙 선생 댁으로 안내했다.

다른 작가의 집필실을 보여드릴 수도 있었지만 굳이 고故 한무숙선생 댁을 떠올린 것은 그 댁의 격조와 품위라면 한국 작가의 깊이와 품위를 보여드리는 것으로 가장 적당하지 않을까 해서였다.

돈암동에 위치한 한무숙 선생 댁은 아직 생전 모습 그대로 잘 보존되어 있었다.

많은 책과 잘 정돈된 자료, 추억이 서린 의자들, 세계 유명작가들과 찍은 사진 등이 마치 방금이라도 외출에서 돌아오는 작가를 그대로 맞아줄 것만 같았다.

마당에 핀 꽃들도 예전 모습 그대로 피어 있었다. 작은 연못의 고기들도 그 옛날 그대로 수초 사이를 헤엄치고 있었다.

그분들은 열심히 글을 쓰다 떠나간 한국의 한 여성작가의 세밀한 자취를 통하여 하늘 아래 어디에 살든 유한한 시간을 살다가는 인간의 모습과 시간의 덧없음을 동시에 느끼는 분위기였다.

가장 인상적인 일은 그다음에 일어났다.

그분들과 곧이어 점심식사를 하는 자리에서였다. 점심이랬자 특별한 것이 아니었다. 어느 한정식집 마당에 차린 조촐한 자리였다.

된장국과 상추쌈을 대접하며 서로 대화하고 즉흥으로 시낭송을 곁들이는 편한 자리였다. 맛있는 음식을 먹으며 좋아하고 웃는 모습은 세계가 다 똑같았다.

식사가 거의 끝날 즈음이었다. 후식으로 사과와 배 몇 쪽이 나왔는데 노르웨이 그리그 박물관에서 온 여성이 사과에 꽂아놓은 초록색 이쑤시개를 유심히 보고 또 보는 것이었다.

그녀는 꽂이가 아주 마음에 든다고 했다. 꽂이의 초록색과 과일의 하얀 속살과의 조화는 환상적이라고 칭찬을 아끼지 않았다.

보통 이쑤시개로 쓰이는 꽂이는 감자 등에서 추출할 수 있는 녹말로 만든 것이며 자칫하여 먹게 되더라도 몸에 해가 안 되는 천연 물질이라고 소개하자 더욱 놀라움을 금치 못했다.

용도가 끝난 후에는 물에 녹아버리는 아주 친환경적인 물건이라는 설명에 그녀는 정말 완벽하다며 입을 다물지 못했다.

급기야는 거기 모인 모든 분들이 이 초록 이쑤시개를 주목하게 되었고 이것을 좀 많이 사갈 수 없겠느냐는 특청들을 하기에 이르렀다.

각자 자기네 나라에 돌아가서 한국과 함께 소개하겠다고 했다. 주말이면 열리는 친구들과의 가벼운 파티에 치즈나 건포도를 꽂는 데 사용하겠다고 했다.

우선 급한 대로 식당 주인에게 말하여 그 초록 이쑤시개 몇 개씩을 선물하기에까지 이르렀다. 그분들은 다음날 인사동과 동대문을 구경하는 시간에 꼭 구입해야 할 품목으로 초록 이쑤시개를 써 넣었다.

집에 돌아와 홀로 미소를 지으며 생각에 잠기지 않을 수 없었다. 사람을 감동시키는 것은 어떤 거대하고 큰 보물이 아닌 것을 다시 한 번 알 수 있었다. 그런 의미에서 초록 이쑤시개의 감동은 상징적이었다.

작고 하찮은 말 한마디가 우리에게 치유할 수 없는 상처를 주기도 하지만, 또한 작은 말 한마디, 작은 눈빛 하나가 큰 위로와 감동을 주는 경우처럼 말이다.

하기는 우리가 무심코 대하고 무심코 취급하는 작은 것 속에 의외로 중요한 그 무엇이 숨어 있었던 예는 얼마든지 있다.

나도 덩달아 얻어온 초록 이쑤시개 몇 개를 책상 위 지우개에 가지런히 꽂아보았다. 마치 예쁜 풀 한 줌을 심어놓은 듯, 아니 아름다운 잔디 한 무더기를 책상 위에 옮겨놓은 듯 그것들은 새삼스러운 초록의 감동으로 다가왔다.

내가 나에게
실망했을 때

바람이 세차게 부는 이른 봄날 저녁이었다.

조금 일찍 꺼내 입은 얇은 코트 사이로 차가운 공기가 스며들었다.

평소에 먼발치로 존경하며 그분의 글을 즐겨 읽었던 원로교수와의 약속이 아니라면 이런 날 외출을 감행한 것이 후회스러울 지경이었다. 그 즈음 나는 여러모로 좀 지쳐 있기도 했다.

그런데 저녁식사를 하던 중 그 교수가 무심코 내뱉은 한마디에 문득 가슴이 환해지는 위로를 느꼈다.

그분은 평소에 집에다 도수가 높은 술 2병 정도를 꼭 비치해놓는다는 것이었다. 마음이 괴로울 때 혼자 한 잔씩 마시기 위해서라고 했다.

인간은 원래 쉽게 상처입고 고통 받으며 사는 존재라는 것은 알지만 어디로 보나 성공한 그분이 그렇다는 것은 정말이지 뜻밖이었다.

좋은 집안의 아들로 태어나 일찍이 유학을 마치고 돌아와 최고 대학의 교수로 재직 중인 그야말로 남부러울 것이 없는 분이기 때문이었다.

"그렇게 혼자 술을 마실 만큼 괴로워 할 일이 선생님께도 있다는 것이 참 의외입니다? 대체 무엇이 그렇게 괴로우시죠?"

나의 물음에 그분은 주저 없이 이렇게 대답하는 것이 아닌가.

"내가 나에게 실망했을 때지요."

나는 잠시 멍한 느낌이 들었다.

홀로 자책하며 괴로워하는 순간이 있다는 것은 자기 성찰을 게을리하지 않는다는 뜻이 아닌가. 그것은 그분이 뜨겁게 살아 있다는 의미라는 생각이 들었다.

사춘기 시절, 나는 어른이 되면 세상을 사는 노하우를 좀 터득하겠지라고 생각했었다. 그래서 얼른 어른이 되고 싶기도 했다. 그러나 아니었다. 세상을 사는 노하우는 없는 것이었다.

어린 그때나 어른이 된 지금이나 매순간 두려움 앞에 서는 것은 똑같았다. 어떤 일 앞에서 서툴고 부족한 것도 마찬가지였다.

물론 그 이유는 나이의 연치만 많아졌을 뿐 내가 진정한 의미에서의 어른이 되지 않았기 때문인지도 모르지만 대체로 인생은 완성을 향해 걸어가는 지난한 과정이 그 전부가 아닐까 싶다.

그러므로 오늘을 적극적으로 살고 사랑하는 것만이 유일한 삶의 노하우요, 길인 것이다.

"현재를 사시오!"

'까르페 디엠'이라는 말로 더 잘 알려진 이 라틴어를 기억하는 사람이 많을 것이다.

과거는 이미 지나갔으므로 나의 힘으로 고칠 수 없고, 미래 또한 앞으로 다가올 시간이므로 지금 당장은 아무것도 할 수 없는 시간이다. 그러므로 오늘, 이 순간을 열정을 다해 사는 것이 최선이라는 고금의 명 철학자들의 충고가 더욱 아프게 다가든다.

어쩌면 보통사람으로는 쉽게 이룰 수 없는 역사적 업적들도 기실은 누군가가 하루하루 쏟아낸 뜨거운 열정의 산물이 쌓인 것이다.

에디슨이 전기 배터리를 발명하기 위해 실패에 실패를 거듭하고 있을 때 한 기자가 찾아와 이런 질문을 했다고 한다.

"이렇게 2만 5000번이나 실패를 하셨는데…… 기분이 어떠신지요? 그래도 실험을 계속할 것인지 참 궁금합니다."

그러자 에디슨은 이렇게 대답했다고 한다.

"실패라니요. 나는 실패하지 않았답니다. 오늘 나는 배터리를 만들지 못하는 2만 5000가지 방법을 알아냈답니다."

우연히 읽은 작은 책 속에서 이 대목을 발견하고 책을 덮고 창밖을 한참이나 내다보았다. 그리고 그 페이지에 연필로 크게 밑줄로 쳐놓았었다. 기운이 빠지고 활력을 잃을 때마다 펼쳐보고 다시 열정을 북돋우리라 생각했기 때문이었다.

에디슨의 지칠 줄 모르는 긍정과 열정의 힘이 드디어 오늘날 우리가 사용하고 있는 전기라는 불꽃인 것이다.

나는 전기를 켤 때마다 습관처럼 그를 생각하기로 했다. 그의 2만 5000번의 좌절과 실망과 고독을 떠올리기로 했다. 특히 어떤 일이 잘 안 풀리거나, 심지어 글이 잘 써지지 않아 침울할 때에도 하나의 부적처럼 그의 "2만 5000번"을 입속으로 읊조려본다.

생각해보라. 2백 50번도 많은 숫자다. 그런데 2천 500번도 아니고, 2만 5000번이라니…… 물론 이 숫자는 그만큼 많은 도전을 했다는 상징일 것이지만.

그렇게 도전하고도 안 되는 일이란 세상에 없을 것이다.

며칠 전 공부를 아주 잘하는 아들이 대학입시에 합격하지 못해 몹시 실망하는 친척을 만났다.

"입시에 실패했다"며 당사자와 그의 아버지 어머니는 애석해하다 못해 심하게 풀이 죽어 있었다.

"실패라니요. 그것은 '실패'가 아니라 기회의 보류 정도인 것입니다." 내가 에디슨을 속으로 떠올리며 몇 번이나 강조했지만 친척의 얼굴은 펴지질 않았다. 단 한 번의 도전이 적시에 목표에 닿지 않았다 해서 실패라는 단어를 이렇게 쉽게 쓰며 암울함에 빠져 있는 것이다. 젊고도 젊은 아들을 두고 말이다.

최근 몇 년간 세계는 경제 불안으로 당황해 하고 있다. 그 여파는 곧 개인 하나하나에게도 닥쳐와 당혹감과 좌절을 안겨주고 있는 것이 현실이다. 하지만 현재를 침울함과 비관의 소리로 채운다는 것은 일어난 현상 그 자체보다 더한 불행이 아닐 수 없다.

겨울날 언 땅속에 발을 담그고 혹한의 바람을 견디었던 벌거벗은 나무에 대한 기억이 아니라면 봄꽃들이 저토록 눈부실 수 있겠는가.

바로 오늘이 '2만 4999' 가지의 노하우를 알아차리는 그 순간인지도 모른다. 이제 곧 세상을 밝게 비추고야 말 불꽃이 확 피어나는 그 눈부신 순간이 기다리고 있을 것이다. 그 순간이 이렇게 어두운 얼굴을 하고 곁에 와 서 있다는 느낌이 든다.

<h1 style="text-align:right">격정의 꽃들은
모두 어디로 갔을까</h1>

눈물은

인간이 만든 가장 작은 바다이다

도쿄의 하라주쿠Harajuku 이층 카페에 앉아 일본 시인 테라야마 슈우시(1975-1983)의 시를 읽고 있었다. 쉽게 그칠 것 같지 않은 비가 줄기차게 내리는 초가을이었다.

식민지 시대 일본에서 활약했던 전설의 무희舞姬 최승희崔承喜를 취재하기 위해 일본에 갔을 때였다. 일본은 이상한 친근감으로 나를 안도시켰다. 그 친근감의 정체가 혹시 식민지였던 내 나라에 남은 일본 정서의 어떤 한 자락 때문은 아닐까 싶어 기분이 복잡했다.

우리는 오랫동안 일본을 객관적으로 바라볼 수 없었다. 아니, 한국인은 대부분 일본을 많은 외국 가운데 하나로 바라보지 못하고, 일제 36년의 앵글로 바라보는 한계를 지니고 있었다. 그것은 지일知日의 기회를 놓치는 큰 함정이 되기도 했지만 말이다.

요즘에는 많이 알려졌지만 그때만 해도 관심 있는 사람만이 최승희라는 이름을 알고 있었다. 그 시대 어떤 여성은 정신대로 끌려가기도 하고, 또 어떤 여성은 교육의 기회도 없이 조혼하여 가사노동으로 생애를 마쳐야만 했던 시대, 조선옷을 입고 조선 춤을 추어 일본열도를 들끓게 했던 여성이 바로 최승희였다. 나중에는 유럽과 미국 남미에까지 진출했던 그야말로 한국이 낳은 세계적인 무희가 바로 그녀였던 것이다.

나는 그녀의 생애와 예술혼을 조명해보고 싶었다.

최근 몇 년간 한류 열풍이라는 이름으로 일본여성들의 열광을 자주 보도하는 것을 보지만, 그 시대 전설의 무희 '샤이 쇼키', 즉 최승희를 향한 일본열도의 들끓는 사랑에 비하면 한류나 '욘사마'는 그리 대단한 것이 아닐지도 모른다.

한류의 원조로서 역도산을 거명하는 것도 보았으나 역시 세기의 무용가 최승희에게 열광했던 그 당시의 일본인들의 열기는 정말 상상할 수 없을 지경이었던 것 같다.

얘기가 나온 김에 조금만 더 하자면 당시 최승희의 팬클럽 회장이 그 후 노벨문학상을 받기도 했던 유명한 소설가 가와바타 야스나리였다. 그 외에도 일본 최고의 저명인사들이 그녀의 팬클럽 명단에 들어 있었다. 심지어 파리 공연 때에는 피카소, 마티스와 시인 장 콕토가 열성 관객으로 참석했다는 기록도 있으니 무슨 설명이 더 필요하겠는가.

당시 세계적인 일본의 무용가 이시히 바쿠의 수제자로 활약했던 최승희는 예술혼을 불태우면서도 조국이 식민지였기에 겪어야 했던 비극적인 삶을 산 여인이다.

나는 먼저 치밀하게 몇 가지 사전 준비를 한 후 일본에서의 최승희를 취재하기에 이르렀다. 이어서 중국도 취재했고 가능하면 북한에서의 활약까지도 취재해볼 계획이었지만 그것은 아직은 쉬운 문제가 아니었다.

그러나 결론부터 성급하게 말하면 일본에 도착하여 취재를 시작한 지 며칠 만에 나는 그만 근원을 알 수 없는 위기감에 빠지고 말았다. 그래서 참담한 기분으로 하라주쿠의 카페에 앉아 심각하게 취재의 진퇴를 고민하고 있었던 것이다.

그녀가 춤을 배운 이시히 바쿠의 무용연구소가 있었던 '지유가오카(자유의 언덕)'와 구미 순례를 떠나며 기념 공연을 했던 시부야 공회당을 취재하고 나서부터 어깨가 축 처져가는 것이었다.

나는 '최승희'를 결코 쓸 수 없을 것 같다는 불길한 예감에 사로잡혔다. 그 이유는 한마디로 적멸寂滅감 때문이었다.

1935년 '지유가오카'에 있었던 전셋집에서 새로 지어 이사했다는 스기나미구 영복사 부근을 헤매이며 나는 속으로 울었다.

인간이란 무엇이고, 생이란 무엇인가? 인간들이 그토록 찾아

헤매는 꿈과 성공이란 무엇인가?

이런 본질적 질문들이 가슴을 파고들었다.

이곳에 살 때 최승희는 딸을 낳고 피아노를 사고 남편인 시인 안막安漠은 와세다 대학을 졸업하고, 그때 그녀의 생애는 절정기에 이르렀었다. 그러나 어디를 찾아보아도 아무것도 없었다. 낮은 지붕들 위로 햇살만이 가득했다.

나는 내가 쓸 글의 주제가 '적멸寂滅'이라면 모를까, 전설적 무희의 생애라거나 무슨 예술가의 생애 따위의 글은 쓰고 싶지도 않았고, 쓸 수도 없다는 생각을 확실히 했다.

심지어 교토의 다카라스카 공연에서는 한 청년이 그녀를 너무 짝사랑한 나머지 격정을 참다못해 무대 위에까지 뛰어올라와 난동을 부린 일까지 있었다고 하지만, 그 많은 격정의 꽃들은 모두 어디로 갔을까.

도쿄의 진보초 헌책방을 뒤져서 『세기의 미인 무용가 최승희』라는 책 한 권을 기적적으로 발견하여 그것을 안고 나는 서울로 돌아가기로 했다.

나에게는 이시히 바쿠의 차남 작곡가 이시히 마키가 특별히 지인을 통해 건네준 그 당시의 사진집도 있었다.

마지막으로 나는 문학평론가인 일본인 친구 고노 씨를 다시 불러냈다. 나는 그에게 저녁을 대접하며 그동안의 심경변화를 고백했다. 그동안 나의 취재를 틈틈이 도운 친구였고 어느 날은 진종일 나를 따라다니기도 했었다.

그다음 날 망설임 없이 나는 서울행 비행기에 몸을 실었다.

나는 시인으로서 특별한 적멸의 현장을 목격해버린 것 같았다. 뜻밖에 가벼워진 기분이 들기도 했다.

그리고 그로부터 한 달쯤 후였다. 일본으로부터 우편물 하나가 배달되었다. 일본의 시사잡지에 실린 문학평론가 고노 씨의 글이었다.

"일본에 취재하러 온 한국 여성시인과의 동행 취재"라는 글이었다. 제목은 '시인, 무희, 실낙원.'

정말 일본인(?)다운 글이었다. 그 글 속의 한국 여성시인은 무엇보다 시간과 돈을 철저히 절약했다.

"그녀는 식민지시대 활약한 조선 무희의 흔적을 찾아 두 눈을 부릅뜨고 돌아다녔다. 그리고 밤늦게까지 가부끼를 보고 『실낙원』을 보고, 미조구치의 옛날 필름을 뒤졌다. 그녀는 일본인의 탐미를 분석하는 것 같았다."

대략 이런 내용의 기사를 다 읽고 난 후 나는 얼얼한 기분을 진정해야 했다. 엎어져도 돌멩이 하나를 집고 일어서는 것이 일본인이라더니…… 버릴 것이 하나도 없이 철저한 일본 친구의 글에 기가 막혀 쉽게 웃을 수가 없었다.

번번이 무릎을 꺾으며

시인 파블로 네루다의 망명시절을 그린 영화 〈일 포스티노〉에는 이런 대사가 나온다. 우체부 청년이 자기도 시인이 되고 싶다고 말하자 시인은 이렇게 대답하는 것이다.

"시인보다 때로 우체부가 좋다네. 많이 걸을 수 있기 때문이지. 재수가 좋으면 바닷가도 걸을 수 있다네. 시인은 너무 앉아만 있기 때문에 조금 뚱뚱해지기 쉽지."

이 대사를 듣는 순간 나는 환호작약했다. 언제부터인가 나를 사로잡고 있는 내 아킬레스건인 '뚱뚱'의 이유가 늘 앉아만 있어야 하는 '시인'에 있었다니…….

하지만 정말 그랬을까. 글을 쓴답시고 늘 앉아만 있었던 것은 사실이지만, 그보다는 움직이는 것을 싫어했고, 잘 먹는 체질이었기 때문에 뚱뚱해진 것은 아니었을까.

그러나 나는 몸무게를 그렇게 심각하게 고민해본 적이 없다. 건강이 이유라면 몰라도 나는 오히려 글래머의 매력 운운하며 은근히 즐기기까지 했었다.

그런데 가끔 이런 일은 있었다. 나의 시를 읽고 사슴처럼 긴 목과 가냘픈 몸매를 지닌 시인으로 상상했다가 직접 보고 놀라는 독자를 만났을 때였다. 하지만 그것도 잠시, 대부분 나는 큰 몸매를 별로 개의치 않고 살아가고 있다.

그런데 고백하자면 처음부터 그렇게 된 것은 아니다. 젊은 날엔 체중을 줄이기 위해 단식을 했던 적도 있고, 또 몇 가지 비법에 도전해본적도 있었다. 그러나 살을 뺀다는 것이 어디 쉬운 일이던가.

그러던 어느 날이었다. 마녀 같은 매력을 풍기는 한 여가수의 공연을 보다가 마치 도를 깨치듯이 번쩍 정신이 났다. 말라깽이 여자들한테서는 결코 만날 수 없는 풍염함이 철철 넘치는 그녀의 매력은 그 자체로 압도적이었다.

무엇보다 아름다운 것은 완벽에 가까운 그녀의 예술에 있다는 것을 물론 놓치지 않았다. 아무튼 그때부터 나는 몸무게보다는 '시의 무게'를 더 돌보았다.

어쩌면 내 인생의 최대의 아킬레스건은 결국 '시詩'일 것이다.

이 빠르고 번쩍거리는 물질시대에 '시'라는 아킬레스건을 붙들고 번번이 무릎을 꺾으며 고통.받고 있으니 말이다.

모르는 집에서의 목욕

프랑크푸르트 도서전에 참가하여 두 곳에서 시낭송을 했다.

출판과 문화의 올림픽이라고 하는 프랑크푸르트 도서전은 마침 행사기간 중에 노벨문학상 수상자가 발표되어 더욱더 세계 언론의 관심을 모으기도 했다. 그 해의 수상자는 『양철북』을 쓴 독일의 작가 귄터 그라스였다.

나는 도서전 한국관과 광산도시 보훔에서 시낭송을 했다. 특히 보훔에서의 시낭송은 감회 속에 이루어졌다.

보훔은 유명한 루르 공업지역으로 일찍이 우리 광부들과 간호사들의 땀이 서린 곳이었다.

지금은 대학도시로 발전하고 있지만 그때 땀 흘렸던 한국 광부들의 기억이 아직도 여기저기 남아 있었다. 그런 때문인지 독일 어느 곳에서보다 한국에 대해 깊은 관심을 가진 분들이 많이 살고 있었다. 그들은 독일이 통일된 것처럼 한국도 분단을 어서 평화적으로 해결해야 한다는 것을 눈빛으로 일깨워주곤 했다.

보훔 중앙역 광장으로 통하는 지하도에 '한국 시인 문정희'의 시낭송을 알리는 멋진 포스터가 붙어 있어 발을 멈추고 그 앞에서 감격했던 순간도 있었다.

그러나 독일 여행의 절정은 모든 공식 행사를 마친 후에 일어났다. 일정을 마친 일행이 서둘러 귀국한 후 나는 혼자서 레겐스부르크로 향했다.

그곳에 사는 K박사를 만나기 위해서였다. 그녀는 한국의 고전 신화인 『삼국유사』를 독일어로 번역하여 KBS가 수여하는 '자랑스러운 한국인 상'을 받은 분이기도 했다.

프랑크푸르트에서 전화를 했더니 초면인데도 대뜸 정겨운 목소리로 "무조건 어서 오세요!" 하는 바람에 나는 작은 웃음부터 터뜨리고 말았다.

레겐스부르크 기차역에 내렸을 때 K여사와 부군인 멋진 독일신사가 마중 나와 있었다.

유서 깊은 돌다리를 건너 풍광 좋은 숲을 달려 드디어 울창한 숲속 K여사 댁에 당도했다.

시아버지가 직접 설계했다는 숲속의 집은 화려하진 않았지만 튼튼하고 섬세했다. 그 집에서 내가 무엇보다 놀란 것은 한국 냄새가 물씬한 옛 물건들이 집 안 가득히 놓여 있는 것이었다.

마치 서울의 인사동 골동가게 하나를 그대로 옮겨놓은 듯 집 안 구석구석 한국적인 것으로 가득 채워져 있었다. 이것은 지난 40여 년 동안 그녀가 얼마나 한국을 그리워했고, 목말라 했는가를 한마디로 알 수 있는 것이었다. 심지어 부엌 뒷마당에는 돌절구가 놓여 있는가 하면 장독들 사이에 돗나물이 푸릇푸릇 자라고 있었다. 이제 한국에서조차 볼 수 없는 것들이, 본래 우리 마음의 고향이 거기 고스란히 모여서 서로 무슨 말인가를 끊임없이 속삭였다. 더욱 기가 막힌 것은 2층에서 1층으로 내려오는 계단 벽면에 걸어놓은 '한국'이라 쓴 큰 족자였다.

그런데 내가 저지른 잊을 수 없는 사건은 그 댁에서 두 밤을 보내고 드디어 서울로 돌아오는 새벽에 일어났다.

나는 캄캄한 어둠 속에 눈을 비비고 일어나 샤워를 하기 위해 더듬더듬 계단을 내려가 아래층 욕실을 찾았다. 누구라도 깰까봐 마치 도둑고양이처럼 살그머니 욕실을 찾은 것이다.

그런데 어찌된 일인가. 분명히 낮에 그분이 욕실이라고 가르쳐준 곳은 뜻밖에 신발장이었다. 다음 문을 열었더니 거기는 허드레 창고였다. 난감하여 나는 계속하여 아홉 개 정도의 문을 열고 닫았다. 그리고 포기하려는 순간, 희부연하게 눈앞에 욕실이 드러났다. 낮에 얼핏 본 구조와 좀 다른 것 같았지만 순간적으로 욕실로 들어가 나는 더운 물을 틀었다. 그리고 차분하게 샤워를 마치고 욕실 뒷정리를 깔끔히 한 후 다시 살금거리며 2층 방으로 돌아왔다.

그런데 막 머리를 말리고 옷을 갈아입을 때쯤이었다. 아래층에서 일대 소동이 난 듯 시끄러운 목소리가 2층까지 울려왔다. 나이 든 여성의 목소리는 뭉툭한 독일어였다.

이어서 K여사가 잠옷 바람으로 나와 합세하는 소리가 들려왔다. 복도는 이내 웃음바다가 되었다. 내가 사용한 욕실은 다름아닌 이 집과 나란히 지은 옆집 욕실이었던 것이다.

지난 10여 년 동안 한 번도 서로 열어본 적이 없는 벽 사이의 문! 그 문이 왜 이리 쉽게 열렸을까. 그들은 그것을 신기해하고 있었다.

독일 아줌마는 혹시 도둑이 든 것인가 싶어 놀라 깨어보니 욕실이 젖어 있었고 두 집 사이의 문이 열려 있어 너무 놀랐다고 했다. 그녀는 이 어이없는 정황을 설명하면서도 기가 막히다는 듯이 연신 폭소를 터뜨리었다.

나는 너무 민망하고 창피하여 얼른 사과부터 했다.

그런데 뜻밖에도 그 옆집 독일 여성은 K여사의 시누이라는 것이었다. 벽을 사이에 두고 그녀들은 오랫동안 서로 내왕을 하지 않고 살았다고 했다. 그 세월이 무려 7, 8년이 넘었는지, 어쩌면 10년이 넘은 것 같기도 하다고 했다. 아무튼 우리 모두는 서로 깔깔거리며 배를 잡고 웃었다.

아침이 밝자 나는 곧 공항으로 나왔다. 서울로 돌아오는 비행기에서 내내 생각에 젖었다.

　남과 북의 문제도 어쩌면 이렇게 순전한 우연에 의해 열려버리지는 않을까. 서로 가까이 친하게 살라고 아버지가 나란히 설계하여 지어준 집. 그러나 그들은 서로 내왕을 하지 않고 산 것이었다. 이 남동생 댁과 누이 댁의 두터운 벽은 어느 날 무심한 방문객에 의해 그리도 쉽게 열려버린 것이었다.

　이번 독일 여행에서 얻은 가장 큰 선물은 바로 그것이었다. 생각할수록 가슴이 뻐근했다.

　아무렇지도 않게 열어버리면 그만 활짝 열리고 말 너와 나 사이의 벽! 독일에서의 새벽 목욕은 뜻밖에 이런 것을 상징처럼 내 가슴에다 깊이 새겨주었다. 지금쯤 그분들은 따스한 형제의 마음을 서로 나누며 즐겁게 살아갈 것이다.

작가의 저택,
그리고 순수의 시대

"나의 영화가 속삭임이라면 마티의 영화는 절규이다"라고 했던 스필버그 감독의 말이 아니라도 나는 절규처럼 강렬한 마틴 스콜세지의 영화를 아주 좋아한다.

그의 뉴욕적인 감각과, 슬픈 냉소와 비정은 섬뜩함을 넘어 심지어 살얼음 같은 차가운 매혹을 느끼게 한다.

〈택시 드라이버〉라는 영화를 떠올리지 않더라도 마틴 스콜세지의 작품 속에서는 그의 천재가 도처에서 번뜩이는 것을 보게 된다.

여성작가 이디스 워튼(Edith Wharton 1862-1937)의 집을 찾아간 배경에도 마틴 스콜세지가 있었다. 나는 그녀의 소설『순수의 시대The age of innocence』를 소설로 읽기에 앞서 마틴 스콜세지의 영화로 먼저 접했었다.

하지만 이디스 워튼은 그렇게 간단한 여성작가가 아니다. 미국 여성 최초로 퓰리처상을 받았으며, 중·고등학교 교과서에 실려 있는 대표적인 미국의 작가이다. 『환락의 집』을 비롯, 『시골의 풍습』 같은 작품이 있고 물론 우리나라에도 몇 권의 번역서가 나와 있다.

나는 북부 뉴욕의 접경, 메사추세츠 주 레녹스 부근에 있는 그녀의 고택을 찾아갔다. 뉴욕 주 겐트 시 숲속에 있는 작가촌 '아트 오마이'에 머물고 있을 때였다.

스페인의 여성 번역가 마리아와 포르투갈의 소설가 루이징크와 함께 겐트 시에서 출발하여 그곳을 찾아가는 동안 하늘은 내내 비를 뿌렸다.

이디스 워튼은 건축에 조예가 깊어 이 집을 직접 지었다고 하는 설명을 읽었지만 외딴 산골에 지어진 아름다운 작가의 집은 말 그대로 완벽한 저택이었다.

게다가 사방으로 넓게 둘러싸인 정원은 감탄스러울 만치 잘 정돈되어 있었다. 일일이 이름을 알 수 없는 보랏빛 탐스러운 꽃들이 강렬한 향기를 내뿜었다.

얼마 전 대대적인 보수를 했는데 클린턴 대통령과 힐러리 여사가 개보수 기념식 날 함께 이곳에 와서 찍은 사진이 입구에 걸려 있었다.

뉴욕의 부유한 가정에서 태어난 이디스 워튼은 뉴욕 상류사회의 갈등과 허위를 다룬 풍속소설을 썼다.

저택의 곳곳을 둘러보는 동안 오직 그녀만이 쓸 수 있는 뉴욕 사람들의 사치와 허영과 오만을 이해할 수 있을 것 같았다. 고급하고 세련된 가구와 집기들과 샹들리에 사이사이 남편과 애완견과 함께 찍은 사진이 걸려 있었다.

남편 에드워드 워튼과의 불행한 결혼생활 뒤에 작품활동에만 전념했다는 작가 소개를 상기했지만, 적어도 이곳에 살 때만은 그녀는 퍽 행복했을 것 같기도 했다. 사진소개 한쪽에 그녀는 애완동물을 좋아했으며 남편은 그녀의 사랑을 그 동물들과 나누어 갖는 데 인색하지 않았다는 구절이 이상한 여운으로 다가왔다.

작가라면 곧 가난을 연상하기 일쑤이던 나의 고정관념으로는 쉽게 받아들이기 어려울 만치 놀라운 대저택이었다.

무엇보다 이만한 집을 유지하려면 참 많은 공력이 들었겠구나 생각하니 그녀가 여기 살면서 어떻게 혼자만의 집필 시간을 확보했을까 은근히 궁금하기도 했다.

아래층 기념품가게에서 나는 이디스 워튼의 흉상이 박힌 작은 책모양의 키홀더를 하나 샀다. 그리고 트럼프처럼 만든 '여성작가들'이라는 카드를 한 상자 샀다. 카드는 이디스 워튼은 물론이요, 버지니아 울프, 카슨 매컬러스, 샬롯 브론테, 펄벅 그리고 최근의 앨리스 워커에 이르기까지 영어권 여성작가들의 사진과 약력과 간단한 작품세계가 한 장 한 장마다 자세히 적혀 있었다.

이디스 워튼이 1937년 파리에서 타계하였다고 하니 내가 세상에 나오기 한참 전이다.

돌아오면서 우리 셋은 이상하게도 모두가 말을 잃어버렸다. 아름다운 숲과 들풀과 예쁜 굴뚝을 내놓고 숲속에 고즈넉이 숨어 있는 미국 북부의 집들 사이를 그저 묵묵히 달렸다.

마리아는 바르셀로나를 루이는 리스본을 나는 서울을 떠올리고 있었는지도 모른다. 적어도 나는 두고 온 서울과 서울의 나의 집을 떠올리고 있었다.

아울러 산다는 것은 무엇인가 아니 쓴다는 것은 무엇인가 하는 원형적 질문이 갑자기 가슴을 꽉 메우는 바람에 입을 열 수가 없었다.

이라크에 파병되는 자이툰 부대의 병력을 교체하는 비행기에 분승하여 이라크의 아르빌을 방문할 기회를 가졌다. 비행기에는 나 외에도 한 유명한 공연예술가와 기자가 탔다.

방문을 앞두고 이것저것 준비를 하고 있을 때 한 군인이 나에게 넌지시 귀띔했다. 이라크에는 유난히 시각장애아가 많아 느낀 바가 많았다고 했다. 나는 고심 끝에 병원에 관계하는 몇 분에게 연락을 취해보았다.

혹시 시설 좋은 우리나라 병원에서 무료 개안수술 같은 것을 받게 해줄 수 있는지를 물색해본 것이었다.

그런데 뜻밖에도 일은 쉽게 풀려나갔다. 나의 제안에 흔쾌히 동조해주는 큰 병원이 있었다.

나는 이라크에 도착하자마자 들뜬 기분으로 자이툰 부대에 내 의견을 전했다. 그리고 귀국 비행기에 한 아이를 안고 돌아가겠다고 했다. 그러나 나의 이런 순진한 제안을 모두가 환영하면서도 한 편 실소했다.

시인의 꿈처럼 현실은 그렇게 쉬운 경로로 이루어지는 게 아니라는 것이었다. 그리하여 드디어 환자 한 명을 한국에 데리고 가기 위해 구체적이고 현실적인 순서를 밟아가기 시작했다.

자이툰 부대와 수차례 전화 통화를 이어가며 문제를 논의하고 해결해 나갔다. 담당 군인의 지속적인 노력과 정성은 참으로 놀라웠다. 혹시 수술 도중 잘못되는 경우를 전혀 배제할 수도 없으므로 그런 문제에서부터 신중에 신중을 기했다.

시술 자체는 무료라고 하지만 공항에 응급차를 대기하는 문제, 수술 전후의 보호자의 숙박 문제, 통역 문제 등…… 이 모든 번거로운 절차와 비용을 짚어가는 일이 나로서는 여간 벅찬 일이 아니었다. 조용히 시나 쓸 것이지 괜한 일을 시작했다고 슬며시 후회하는 마음이 들기도 했다.

더구나 일의 마무리 단계에서 내 개인으로서는 좀 뜻밖의 사실을 받아들여야 했다. 내가 처음에 생각했던 것과는 전혀 다른 환자가 수술을 받으러 온다는 것이었다.

나는 가난한 전쟁고아 소녀를 머리에 떠올리고 있었다.

마치 동화처럼 한 소녀의 개안을 속으로 기도하며 심봉사와 심청이 같은 심정으로 한 아름다운 결과를 그리고 있었던 것이다. 그런데 정작 한국에 온다는 소녀는 이라크군의 유명한 장성의 딸이었다.

한국에 대해 호의적인 중요한 장군의 딸이라고 했다. 그녀는 망막박리(網膜剝離, 망막이 눈알 내부 후면에서부터 벗겨져서 수정체 뒤쪽과 망막 앞쪽의 빈 곳에 떠올라와 있는 상태) 증상을 앓고 있었다. 그로 인해 바이러스 감염이 되는 바람에 양쪽 시력을 거의 잃은 상태였다. 발달된 한국 의료진의 수술을 마지막으로 받아보는 것이 소원이라는 그런 간절한 바람으로 한국에 온다고 했다.

결국 그녀의 수술은 인체 무해한 실리콘 오일을 삽입해 안구가 작아지는 현상을 막는 차원에서 이루어졌다. 수술 후 그녀의 아버지 쿠다이에르 소장은 한국에 더없는 감사를 표했다고 한다.

일은 뜻밖에 좀 커졌지만 여러 의미에서 성공적인 결과여서 모두가 만족해했다. 먼발치로 이것을 바라보며 나도 창작의 기쁨과는 또 다른 기쁨을 누렸다.

동시에 가난하고 힘없는 전쟁 소녀가 아닌 장군의 딸이 차지한 기회와 그것을 두 나라 모두가 환영하는 이치는 또 다른 문학의 주제로서 나를 생각에 잠기게 했다.

이국의 전쟁터에 가서 앞 못 보는 소녀 하나를 안고 올 테니 무조건 무료로 수술을 해달라고 졸라대는 시인 친구의 제안에 기꺼이 동조해준 사람은 대학의 이사장으로 종합병원을 잘 꾸려가고 있는 나의 옛 친구였다.

이 모든 인연들을 생각하면 가슴이 참 오묘한 향기로 가득 차올랐다. 우리가 서 있는 이 자리, 그것은 결코 눈에 보이는 인연만으로 이루어진 것은 아닌 것 같았다.

한 번도 만나본 적이 없는 이라크 소녀, 그녀는 아마도 그녀의 뒤에 한 시인이 있었다는 것을 꿈에도 모르리라. 그녀의 개안수술 기사는 한국의 주요 일간지에 소개되었지만 관련 군대와 수술의사와 병원과 장군의 얘기만 가득했기 때문이다.

아무튼 지금쯤 이라크 소녀 랜드 양은 멋진 처녀로 자라고 있을 것이다. 전쟁의 폐허도 많이 복구되었을 것이다.

눈은 어둡지만 그래도 평화로운 거리를 활기차게 활보하는 미래의 한 처녀를 상상해본다.

기회의 신(神)은 대머리이다

'시간의 신'은 이름이 크로노스Chronos로서 벌거벗은 젊은이가 마구 달리는 모습을 하고 있다. 그런데 그 젊은이는 앞에만 머리카락이 있을 뿐 뒤쪽에는 머리가 없는 대머리라고 한다. 시간은 곧 기회로서 앞으로 다가올 때 얼른 잡지 않으면 다시 잡을 수 없다는 것을 상징하는 것이다.

얼마 전 작가 몇 사람이 만나 이런 이야기를 나눈 적이 있다. 그동안 얼떨결에 놓쳐버린 것과, 얼떨결에 선택한 일 가운데 후회스러운 일이 무엇인가 하는 것이었다.

한 시인은 대뜸 "군대 가서 얼떨결에 배운 담배"라고 대답했다. 이제는 끊기가 너무 힘들다는 것이었다.

한 중견 여성소설가는 "일을 핑계로 아이에게 모유母乳를 먹이지 못한 일"이라고 했다. 젊은 날부터 주목을 받았던 한 시인은 생각에 잠기더니 "얼떨결에 떠나보낸 첫사랑"이라고 말했다.

우리는 모두 웃었지만 시간과 기회에 대한 대화는 한동안 계속되었다.

놓쳐버린 기회, 잘못 사용한 시간은 후회를 남기고 때로는 인생의 항로를 크게 바꾸어 놓는다.

그날 모두가 공감한 가장 "아쉽고 후회스러운 일"은 바로 젊은 날부터 체계적인 독서를 하지 못한 것에 대해서였다. 그날 모인 사람들은 작가들이었고, 독서도 할 만큼 한 사람들이었음에도 불구하고 그렇게 얘기하는 것이었다.

인간을 키우는 데는 독서만 한 경험이 없다. 독서란 한동안 집중적으로 하고 그만 둘 것이 아니고 마치 식사를 통하여 건강을 유지하듯이 일생 동안 그렇게 해야 하는 것이다. 그리고 그 습관은 젊은 날부터 길들여놓지 않으면 안 된다.

얼마 전 통계청은 다소 충격적인 통계 하나를 발표했다. 우리나라 1가구당 도서구매비가 연간 신문·잡지류와 자녀 학습용 교재 구매비를 포함하여 겨우 1만 397원이라는 것이었다. 이는 외식비의 24분의 1에 불과한 액수이며 이미용에 지출한 금액 5만 9천여 원에도 훨씬 못 미치는 부끄러운 액수인 것이다.

우리 국민의 독서 시간은 하루에 불과 8분이라고 한다. 국정감사(2005년)에서 밝혀진 국민의 한 달 독서량은 0.8권, 국민 1인당 도서관 장서 수는 0.56권이다. 이는 선진국과는 비교도 안 되는 초라한 수치이며 심지어 인도 같은 나라와도 비교가 안 되는 숫자이다.

한 유명 정치인이 젊은 날 감옥에서 보낸 것이 좋은 점도 있었다는 말을 한 것을 들었다. 많은 독서를 할 수 있었고, 그때 닦은 사고와 철학은 나중 정치 이상을 구현하는 바탕이 되었다는 것이다.

우리가 G20 국가라고 자부하지만 사실은 그 국가 중에서 문화적으로 최빈국임도 알아야 한다. 한국의 공공 도서관 수는 698개(2009년 집계)로 인구 7만 명당 하나이다. 일본은 인구 4만 명당 하나이고 독일 등 유럽 국가는 8천 명당 하나이다.

독서를 통한 정교한 언어를 습득하지 않고 인간이든 사회든 문화적 깊이나 성숙을 어떻게 기대할 수 있겠는가.

다가오는 세기는 창의성과 상상력이 근간이 될 세기라고 하면서도 그것을 위한 구체적인 노력은 정작 소홀히 하고 있다. 독서하지 않은 무식한 국민이 살아갈 우리의 미래가 왠지 두려워진다.

화석 옆에 놓인
국화꽃 한다발

내 생의 거의 전부를 시詩 속에서 눈 뜨고 시 속에서 밥 먹고 시 속에서 잠들었다고 하면 사람들은 나를 두고 상팔자를 타고난 행복한 사람이라고 생각할 것이다.

하지만 여름 내내 매미가 나무에 매달려 한유하게 노래만 부른 것이 아니라 그렇게 온몸을 다해 여름을 살았던 것처럼 나도 그렇게 시 속에서 일을 하면서 생을 살았다고 살며시 대답하고 싶다.

초봄부터 우수 작품을 가려서 지원하는 일에 심사를 맡아 70여 권이 넘는 출판 이전의 시집들을 읽었다. 한 권 분량을 대략 70여 편으로 잡더라도 무려 5천여 편의 시를 읽은 셈이 된다.

진종일 시를 읽다보면 저녁때는 입술이 바싹 마르고 머릿속이 텅 비게 된다.

"머리가 은화銀貨처럼 맑다"고 한 것은 이상李箱이었지만, 나의 머릿속은 음화淫畵처럼 설익은 언어들로 거미줄을 치는 것 같았다.

228

그 일이 끝난 후 나는 곧 아일랜드로 향했다. 아시다시피 아일랜드는 문학의 나라이다. 제럴드 맨리 홉킨스 시축제에 참가하기 위해서였다. 홉킨스는 예이츠와 더불어 아일랜드가 자랑하는 대표적인 시인의 한 사람으로 영혼의 아름다움이 넘치는 시를 남긴 신부이다.

"평화는 구구하고 울기 위해 오는 것은 아니다"고 노래한 그의 시구는 유명하다.

아일랜드에는 제임스 조이스를 비롯하여 시인 예이츠가 있고 『고도를 기다리며』로 친근한 사무엘 베케트, 그리고 최근 노벨상을 수상한 시인 셰이머스 히니가 있다.

또한 오스카 와일드, 버나드 쇼 등 일일이 헤아릴 수 없을 만큼 위대한 작가들이 영국과 아일랜드를 중심으로 문학의 꽃을 피웠다.

대학시절 『젊은 예술가의 초상』과 『더블린 사람들』을 줄을 그어가며 읽었고 『피네간의 경야』는 아직도 충분히 이해를 못 한 채 몇 대목의 대사를 외고 있다.

아일랜드의 수도 더블린은 어쩌면 내 영혼의 자양을 제공했던 한줄기 정신의 고향 같은 곳인 것이다.

더블린에는 역시 비가 내리고 있었다. 내가 역시라고 하는 것은 많은 문학작품 속의 풍경이 그러했기 때문이다.

고풍하고 깊고 그윽한 도시.

우선 '작가박물관'을 둘러보고 '제임스 조이스 센터'도 보고, 유명한 트리니티 대학 부근을 어슬렁거렸다.

'작가박물관'에서 들었던 제임스 조이스의 육성이 자꾸 나를 따라다녔다.

서점에서 현역 여성시인들의 시집도 읽어보았는데 정서적으로 이상한 친근감이 있는 것은 동시대 여성작가인 탓만은 아닌 것 같았다.

축제가 열리는 킬데어의 모나스트레빈은 작고 적요한 시골이었다. 8일 동안 세계에서 모여든 시인들과 시학자들이 온통 시의 열기를 내뿜었다. 밤늦도록 모두가 시낭송을 즐겼다. 그야말로 어린 시절부터 몸에 밴 시들이 민요의 한 부분처럼 터져 나왔다.

처음 도착한 날 밤, 홉킨스의 시를 낭송 헌정하는 밤에 뜻밖에 지명을 받아 〈아리랑〉을 목청껏 불러 박수를 받았다.

그 후로도 몇 번 더 시낭송을 하게 되었는데, 영어로 낭송하는 것이 아무래도 편하질 않아 우리말로 「찔레」라는 시를 읊어서 한국어를 맛보게 하기도 했다. 반응이 뜻밖일 만큼 좋아서 나는 좀 으쓱했다.

그리고 한국에 돌아오자마자 '세계평화 만해 시축전'에 참가하게 되었다. 세계의 중요한 시인들이 대거 참가한 세계적인 축제였다. 미국의 계관시인 로버트 핀스키, 로버트 하스를 비롯하여, 프랑스의 장 미셸 몰푸아, 남아프리카공화국의 여성시인 다이애나

패러스 등이 참가했다. 그 가장 중앙에는 노벨상을 받은 나이지리아의 월레 소잉카가 흰수염을 펄럭이며 자리했다.

시낭송을 밤낮으로 연이어 들으면서 금강산으로 갔다. 그곳에서 북한의 시인들과 합류하면 세계평화 시축전은 그 절정에 이르게 될 거라고 했다.

그러나 불행히도 북한의 시인들은 참가하지 않았다.

"세상 어느 나라에 시인이 시인을 만나면서 정부의 허락을 받아야 하느냐"며 소잉카는 흥분했지만 그런 일이 벌어졌다.

하루 종일 버스를 나란히 타고 다녔던 넬슨 만델라의 나라에서 온 여성시인 다이애나 펠러스는 실제로 북한에 입국할 때 터무니없이 까다로운 모든 절차가 조금도 낯설지 않다고 말했다.

자신에게는 이미 일상이 된 현실이며, 그렇지 않다고 하더라도 서로 다른 방식의 절차를 존중해야 한다고 말했다.

너무 관심이 노벨상 수상자에게만 쏠려 다른 저명한 시인들이 조금 뒤로 물러선 점도 있었지만 소잉카는 확실히 깊고 아름다운 시인이었다.

조금의 권위나 거들먹거림이 없는 자연스러운 그의 태도는 감동을 안겨주기에 충분했다. 토의시간에 보여준 탁월하고도 명료한 정신세계는 그가 금세기 대시인이라는 것을 재삼 확인하게 해주었다.

강원도를 통과하는 동안 휴게소에서 그와 나는 두 번이나 옥수수를 반으로 나누어 먹으며 즐거운 담소를 아끼지 않았다.

나를 "옥수수 패밀리"라고 부르며 먹고 있던 옥수수를 두고 다시 긴 옥수수를 골라 반으로 나눠 먹으며 그 반쪽씩을 들고 사진을 찍기도 했다.

평화롭고 허식 없는 시인의 모습이었다.

무엇보다 그가 했던 가장 인상적인 말은 한 일간지와의 대담에서 보여준 다음과 같은 말이었다.

"한국의 어느 동굴에서 2만 년 전의 소년 화석이 발굴되었는데 단층 촬영을 해보니 그 주검 옆에 국화 꽃다발을 놓은 흔적이 있었다"고 한국의 한 시인이 운을 뗀 뒤였다. 이는 가족의 애절한 염원이 담겨 있는 꽃다발이라고 하며 이런 게 바로 시의 마음이 아닌가, 이렇듯 시란 가장 오래된 마음이라고 한국 시인이 말했을 때였다.

소잉카는 이렇게 말했다.

"부패가 진행되는 곳에서 찾는 아름다움이란 점에서 시적詩的이다"라고 말하며, "나는 시의 역할에 대해 치유라는 말보다 위로라는 말을 쓰고 싶다"고도 했다.

그러고 보니 나는 여름내 '위로'를 찾아다닌 것이 아닌가 싶다.

세상의 부패 곁에 놓일 한 다발의 국화 꽃다발을 찾아다닌 것이다.

낡아가는 내 시간 곁에 놓아주고 싶은 한 다발의 국화꽃을 찾아 지구 위를 그렇게 휘젓고 다녔던 것이다.

내 인생의 가을! 사방에 위로처럼 진짜 향기로운 국화꽃들이 피어날 것이다.

너와 나 사이

이라크 여행과 관련된 추억을 한 가지 더 얘기하고 싶다. 그때 그 비행기를 떠올리면 지금도 입가에 저절로 미소가 번진다.

서울을 출발하여 이라크의 아르빌로 가는 비행기였다. 그 비행기는 자이툰 부대 교체 장병들을 태운 전세기였는데 말하자면 특별 초청된 문화 예술계 몇 사람이 그 비행기에 함께 탔던 것이다.

이라크하면 제일 먼저 떠오르는 것이 전쟁이지만 사실은 티그리스 강과 유프라테스 강이어야 한다.

인류 문명이 시작된 원류가 거기인 것이다. 그 지역을 중심으로 꽃피워진 아랍권 문학 가운데 우리가 잘 아는 『아라비안나이트』가 있다.

하지만 전쟁 중이어서 사막의 흙먼지 속에 폭탄과 테러라는 비극적인 소식만이 끝없이 전해지고 있는 나라였다.

자이툰 부대가 주둔하고 있는 아르빌은 그나마 쿠르드족의 거주지로서 바그다드 같은 곳에 비해 비교적 안전한 곳이라고 했다.

그래도 다소의 긴장이 차오르는 것은 어쩔 수가 없었다. 이것은 여느 여행에서는 느낄 수 없는 감정이었다.

안전벨트를 깊이 조이고 앉아 밀려오는 생각을 정리하며 잠시 눈을 감으려는 찰나였다. "지금 저희 비행기는 우르무치를 지나고 있습니다." 기장의 목소리로 흘러나오는 방송에 나는 창밖으로 시선을 돌렸다.

저 아래로 내려다보이는 지상에는 흰 눈에 덮인 거대한 산맥이 골짜기마다 아코디언 같은 아름다운 주름을 펼쳐놓고 있었다.

기장의 음성은 계속되었다. 낭랑한 음성으로 기장이 시를 낭송하기 시작했다.

간절하고 아름다운 사랑의 시였다. 이 시는 이라크로 가는 장병들을 위해 특별히 낭송해드리는 시라고 했다. 한 수녀가 지은 시라는 해설도 곁들여졌다.

시낭송이 끝나자 장병들이 일제히 박수를 보냈다. 나도 힘껏 박수를 보냈다. 세상에 하늘 한가운데에서 시를 읊어주는 기장이 있다니…….

조금 후였다. 이 비행기에 마침 시인이 탑승하고 있다는 스튜어디스의 전갈을 들었는지 그 기장이 내 자리로 왔다. 잘생기고 중후한 중년의 기장이었다. 그분은 시를 아주 사랑하는 분으로 가끔 비행기 안에서 승객에게 시를 들려드린다고 했다. 그러나 승객들이 곤히 잠들었을 때라거나, 혹은 식사시간 등을 피하고 나면 시낭송을 할 절묘한 시간을 만나기가 쉽지 않다고 말했다.

하지만 이번만은 장병들을 위해 꼭 시 한 편을 선물로 드리고 싶었다고 했다. 그래서 시를 고르고 골랐다고 했다. 참으로 잊을 수 없는 기장이었고 비행기였다.

비록 안전하다고는 하지만 전쟁터로 가는 젊은 장병 수백 명과 함께 탄 비행기라는 것만으로도 벅찬 경험인데, 거기에다 시를 낭송해주는 기장이 함께하는 비행기였으니 말이다.

비행기는 쿠웨이트에 일단 내려 우리 공군이 주둔하는 다이만 부대의 보호를 받으며 다른 비행기로 갈아탄 후 무사히 아르빌에 도착했다.

아르빌은 작은 도시가 아니라 유서 깊은 고도였다. 그리고 근교에 자리잡은 자이툰 부대에서의 일정과 감회는 말로 다 표현할 수 없을 만큼 인상적이었다.

아침식사 때 장병들에게 한마디 해달라는 주문을 받고 나는 "지하 1000미터에서 끌어올리는 따스한 온천수 같은 그런 감격의 눈물 한 방울을 지금 이 순간 떨어뜨리고 싶다"고 떨리는 음성으로 말하기도 했다.

모두가 혈육 같은 그런 사랑과 감격의 순간이 이어졌다.

아르빌 시내에 있는 살라딘 대학에 가서 많은 청중 앞에 그곳

기자들과 작가들과 대담을 나누었다. 그리고 서로 자기의 모국어로 시낭송을 하는 것으로 언어의 장벽을 순간에 뛰어넘어 정말 화기애애한 소통을 즐기기도 했다.

또한 쿠르드 자치족의 체육대회에 참석하여 우리 장병들과 아이들이 손을 잡고 춤을 추고 노래를 부르고 줄다리기와 태권도 시합을 벌이는 것도 보았다.

그리고 돌아오는 비행기에서였다.

쿠웨이트에서 우리는 다시 그 시낭송을 한 박한용 기장의 비행기를 탔다. 우리가 이라크을 방문한 사이 잠시 휴식을 취하며 기다리고 있다가 다시 우리를 맞은 것이라고 했다.

물론 돌아오는 비행기에는 이라크 근무를 무사히 마친 귀국 장병들이 탔다. 갈 때와는 또 다른 흥분과 감격의 분위기를 느꼈다.

전쟁터에서의 근무를 무사히 마치고 건강하게 귀국하는 장병들은 그동안의 피로도 잊고 벌써 그리운 가족과 친구들을 만날 기대로 잔뜩 부풀어 있었다.

비행기가 하늘 한가운데 어디쯤을 날아왔을까. 하얀 구름 속에 다시 낭랑한 기장의 시낭송이 들려왔다.

아들아
너와 나 사이에는
신이 한 분 살고 계시나보다

왜 나는 너를 부를 때마다
이토록 간절해지는 것이며
네 뒷모습에 대고
언제나 기도를 하는 것일까

네가 어렸을 땐
우리 사이에 다만
아주 조그맣고 어리신 신이 계셔서

사랑 한 알에도
우주가 녹아들곤 했는데

이제 쳐다보기만 해도
훌쩍 큰 키의 젊은 사랑아

너와 나 사이에는
무슨 신이 한 분 살고 계셔서

이렇게 긴 강물이 끝도 없이 흐를까

졸시, 「아들에게」 전문

나는 귀를 의심했다. 바로 내가 쓴 「아들에게」라는 시였기 때문이다.

"지금 장병 여러분이 타고 있는 이 비행기에 동승하신 시인 문정희 선생님의 「아들에게」라는 시였습니다. 여러분을 위해 밤낮으로 기도하시는 어머니가 기다리시는 서울까지는 이제 세 시간이 남았습니다."

약속이나 한 듯이 뜨거운 박수소리가 일제히 터져 나왔다. 비행기를 타고 세계를 떠돌아 다녔지만 이토록 가슴 뭉클한 감동에 젖었던 비행기는 없었다.

젊은 장병들과 함께했던 그 하늘에서의 시간! 시의 향기로, 사랑으로 비행기를 가득 채워준 그 기장을 잊을 수 없는 것은 나뿐만이 아닐 것이다.

나는 천재의 것이 좋다

애비는 종이었다. 밤이기퍼도 오지 않았다.

파뿌리같이 늙은할머니와 대추꽃이 한주 서 있을 뿐이었다.

어매는 달을두고 풋살구가 꼭하나만 먹고 싶다 하였으나....

흙으로 바람벽한 호롱불밑에

손톱이 깜한 애미의아들.

甲午年이라든가 바다에 나가서는 도라오지 않는다하는

外할아버지의 숯많은 머리털과

그 크다란눈이 나는 닮았다한다.

스물세햇동안 나를 키운건 八割이 바람이다

세상은 가도가도 부끄럽기만하드라

어떤이는 내눈에서 죄인을 읽고가고

어떤이는 내입에서 天痴를 읽고가나

나는 아무것도 뉘우치진 않을란다.

찰란히 티워오는 어느아침에도

이마우에 언친 詩의 이슬에는

멫방울의 피가 언제나 서꺼있어

볓이거나 그늘이거나 혓바닥 느러트린

병든 숫개만양 헐덕어리며 나는 왔다.

*此一篇昭和十二年丁丑歲中秋作. 作者時年二十三也.

서정주, 「자화상」 전문

*(맞춤법 띄어쓰기는 『미당 시전집1』(민음사)을 원본으로 함)

예술에 관한 한 나는 천재의 것이 좋다.

격렬한 피와 생명과 절규로 온몸이 떨리는 그런 작품이 좋다.

바람과 광기와 유랑의 언어로 들끓는 미당의 「자화상」을 읽으면 문득 시퍼런 독가시에 찔린 듯 전신으로 감동이 밀려온다. 홀로 목젖을 떨며 조금 울게 된다.

23세 천부의 젊음이 가쁜 호흡으로 쏟아놓은 이 시는 한국시사에 눈부신 비늘을 번뜩이며 영원히 황홀한 감동을 선사하고 있다.

첫 구절 "애비는 종이었다"를 두고 그가 이 시를 쓴 시대가 식민지 시대였다거나, 혹은 그의 부친이 어느 집의 마름이었다는 등의 개인사를 말하는 것은 큰 의미가 없을지도 모른다.

상처와 죄의식과 종의 자식이 아닌 자가 있으랴. 우리가 진정 사랑이라면 우리가 진정 인간이라면 우리는 모두 슬픈 굴욕과 유랑의 혼과 육신을 지니고 있다.

"나를 키운 건 팔할이 바람이다"라는 구절을 보면 그의 생애를 지배하는 바람의 숙명, 아니 모든 인간의 생애에 도사리고 있는 방황과 처절한 고난의 숙명을 알게 된다.

누구보다도 요절의 징후가 농후한 시인이었으면서도 그의 뜨거운 피를 잘 다스려 장엄한 문학의 산맥을 완성시킨 미당은 이 시 속에다 기막힌 단서 하나를 떨구어놓은 것도 보게 된다.

'이마 우에 얹힌 시의 이슬에 섞인 몇 방울의 피'가 그것이다.

미당 시의 도정은 바람과 광기와 유랑 속에 헐떡이는 이 피를 「귀촉도」의 눈물로 승화해나가고, 바람나지 말라고 아내가 장독대에 떠놓은 정화수로, 혹은 「동천」의 즈믄 밤의 맑은 꿈으로 씻어가는 과정이라고 하겠다.

결국 「질마재 신화」에서 우리는 소망(오줌을 받는 거름 항아리)에 별이 뜨는 것을 보게 된다. 인간의 몸속의 피와, 가장 마지막 물인 오줌을 다시 생명을 기르는 거름으로 쓰기 위해 모으는 소망에 하늘의 가장 성스럽고 아름다운 별이 뜨는 것이 미당 시의 만다라이다.

누군가의 지적처럼 23세 미당은 이 시에서 이미 유언까지를 끝내고 있다.

‘어떤 이는 내 눈에서 죄인을 읽고 가고 어떤 이는 내 눈에서 천
치를 읽고 가나 나는 아무것도 뉘우치진 않을란다’ ‘볕이거나 그늘
이거나 혓바닥 늘어뜨린 병든 수캐마냥 헐떡어리며’ 살아가는 자
학적 실존, 슬픈 생명의 원초성을 비범한 통찰과 두려울 만큼 거
침없는 숙명의 언어로 쏟아놓은 미당의 시「자화상」은 이 작품 한
편만으로도 그를 한국 시의 제일 높은 자리에 서슴없이 앉힐 수밖
에 없게 된다.

이 시를 읽을 때마다 꺼이꺼이 목이 메고 불처럼 다시 살고 싶어
진다.

문학, 아이리쉬 커피, 편서풍

마른 풀 서걱이는 벌판과 검은 흙…… 시간과 편서풍의 도시! 아일랜드 더블린에 도착했다. 공항에서 시내로 들어가는 동안 택시 운전기사의 "크크"가 섞인 영어를 나는 쉽게 해독할 수 없었다. 하지만 이곳은 세계적인 문학의 도시, 위대한 작가들의 고향임을 나는 잘 안다.

나 이제 일어나 가리, 이니스프리로 가리.
거기 나뭇가지 엮어 진흙 바른 오막집 짓고
아홉 이랑 콩을 심고, 꿀벌통 하나 두고
벌들 잉잉대는 숲속에 홀로 살으리.

또 거기서 얼마쯤의 평화를 누리리, 평화는 천천히
아침의 베일로부터 귀뚜리 우는 곳으로 떨어져내리는 것.

예이츠의 시 「이니스프리 호도」를 생각나는 대로 속으로 읊조렸다.

나는 가슴을 두근거리며 더블린의 속살을 파고 들었다. 편서풍이 심하게 불었다. 멀지 않은 어디쯤, 이니스프리 호도가 고즈녁한 새악시처럼 숨어 있으리라.

또한 아이리쉬 커피도 떠올렸다. 럼주가 섞인 아이리쉬 커피는 바람이 심하게 부는 날, 벽난로 앞에 앉아 마시기 좋은 커피가 아닌가. 아일랜드 사람들은 커피에다 왜 진한 럼주를 타서 마실 수밖에 없었을까.

독한 럼주의 향기는 외로운 사람들의 숨은 열정을 자극하기에 충분했을 것이다. 오랜 식민지, 그리고 우리의 보릿고개보다 더 지독한 이곳 사람들의 기아 체험들…….

나의 생각은 벌써 진한 아이리쉬 커피를 마시고 싶다는 열망으로 바뀌었다. 이곳은 아일랜드이고 무엇보다 나는 자유로운 여행자니까.

호텔에 짐을 던지고 카페들이 일제히 불을 켠 더블린 시내 중심가로 나갔다. 사방에 커피 냄새가 자욱하고, 한약을 달인 것 같은 진한 기네스 맥주를 선전하는 불빛이 번쩍거렸다.

커피는 대번에 내 영혼에다 위로의 불을 켜주었다. 나는 인간의 허영을 사랑한다. 커피를 마시면 내가 단순히 춥고 덥고 배고 픔에 얽매인 육체의 존재가 아니라, 배가 조금 고프더라도 시를 사랑하고 연애를 꿈꾸고 예술을 창조하는 인간임을 확인할 수 있어 좋다.

내가 나에게 말한다. 지금 그대는 『젊은 예술가의 초상』을 쓴 제임스 조이스의 나라에 와 있다고……

여인들이 우물가에서 "말해주세요. 그녀에 대해, 어서 말해주세요"라며 합창을 하는 그의 또 다른 대표작 『피네간의 경야』의 나라에 와 있다고……

시내 한가운데, 유명한 트리니티대학을 중심으로 카페와 식당과 옷가게들이 즐비했다. 오래된 건물과 건물 사이 젊은이들이 물결치고 있었다. 보석가게와 골동품 가게 사이 뚱뚱한 거지 여자도 앉아 있다. 전등불과 그 모습이 너무 어울려 하마터면 감탄사를 터뜨릴 뻔했다.

유명한 카페 '비우리스'는 그곳 번화가 중심에 있었다. 나는 그 앞 서점에서 아일랜드 여성시인 에반스 놀란과, 메쿠키안의 시집을 샀다. 그리고 오래전부터 그랬던 것처럼 바로 이층으로 올라갔다.

사방에 시인 예이츠가 앉아 있는 것 같았다. 『걸리버 여행기』의 조나단 스위프트와, 『고도를 기다리며』의 사무엘 베케트가, 노벨상의 시인 셰이머스 히니가, 내가 한때 매혹했던 오스카 와일드가, 버나드 쇼가 폼을 재고 앉아 있는 것 같았다.

정말 그랬다. 이곳에 앉아 차를 마시는 사람들은 모두 작가가 아니면 예술가인 것 같았다.

노벨문학상 수상자만 해도 네 사람이나 되는 아일랜드. 그들의 문학을 배양한 어느 세포 속에 카페 '비우리스'의 자유로운 분위기도 새겨져 있을 것이다.

모든 것을 증명이라도 하듯이 벽면에 작가들의 사진이 걸려 있다. 시류와 유행과는 조금도 상관이 없는 전통의 오만함, 그 어떤 권위에도 위축되지 않는 문학적 분위기가 배어나오고 있다.

창밖에는 비가 내리고 있다. 이곳이 왜 문학 도시가 될 수밖에 없는지 나는 벌써 훤히 알 것 같았다.

토착 아일랜드인은 게일어를 이천오백 년 동안이나 사용하던 민족이었지만 불행히도 오랜 영국의 식민지 노릇을 겪으면서 그만 게일어를 사용하는 사람이 불과 4퍼센트 정도로 줄어들었다고 한다.

그런데 그들이 모국어 대신 습득한 지배국 언어는 영어였고, 영어는 지금 세계를 제패한 언어가 되어 있다.

최근 15년 동안 잃어버린 모국어인 게일어를 다시 가르치는 학교가 부쩍 늘고 있다고 한다. 국민 소득이 3만 달러를 넘어선 아일랜드는 이렇게 부흥의 역사를 새로 기록해가고 또다시 경제의 흔들림 앞에 서 있는 것이다.

　다행히도 국민소득 3만 달러의 샴페인을 무작정 미리 터뜨리는 불상사를 저지르지 않은 더블린의 표정은 고유한 전통의 속도와 습속과 인프라를 담담하게 지니고 사는 듯했다. 카페이건, 바Bar 이건, 툭하면 200년 혹은 100년이 넘었다고 했다.

　대낮에도 어둑한 거리, 우중충한 집과 집들 사이, 또 예상처럼 비가 내리고 있었다. 여행가방에다 꾸려넣은 우산을 펼쳐들었다. 낯설음과 낯익음이 적당히 공존하는 도시 더블린에는 우산이 상비품이다.

　한 사나이가 저만치 걸어가고 있다. 두터운 코트의 깃을 세우고 손을 깊숙이 주머니에 찔러넣고…… 그는 『고도를 기다리며』의 주인공 남자처럼 그렇게 걸어가고 있다.

　그를 따라 '작가 박물관'으로 들어갔다.

　첫 번째 방에서부터 문호들의 유품과 사진과 저서들이 잘 진열되어 있다. 누구를 먼저 보고 누구를 기억해야 할지…… 가슴이 벅차오른다.

　이층 한쪽에 있는 여성시인의 방에서 나는 오랫동안 서 있었다. 그녀가 어린 시절 가지고 놀던 곰인형이 누렇게 변색된 채 놓여 있었다. 시골 출신인 그녀가 처음으로 더블린 여행 와서 샀다는 옛날식 통굽구두도 보였다. 그녀가 늘 꽂고 다녔다는 자수정 브로치에서는 희미한 보랏빛이 흘러나왔다.

깊은 인간의 숨결과 슬픔이 고인 작가 박물관을 나와 길 건너 골목에 있는 '제임스 조이스 기념관'으로 갔다. 이어폰으로 흘러나오는 제임스 조이스의 시낭송 육성을 들으며 자꾸 입술을 깨밀었다.

나를 초대한 것은 시인 데스몬 에간이다. 버스를 3시간쯤 달려 그가 사는 킬데어 카운티에 닿았다. 데스몬은 거기에서 19세기의 대표적인 시인 '제랄드 홉킨스'를 기념하는 축제를 해마다 열고 있었다.

푸른 초원 위에다 지은 아름다운 성이 저녁노을을 담뿍 받고 있었다. 오프닝 행사로 비엔나에서 온 피아니스트의 연주가 그 성에서 열리고 있었다.

나는 콘서트장으로 들어가며 사방을 두리번거렸다. 1년 만에 만나는 데스몬드는 "먼 길 잘 왔느냐"는 등의 인사도 없이 대뜸 나의 손등에 키스를 하더니 쇼팽 연주가 일품이었다고 흥분된 어조로 말했다.

한적한 시골, 이 작은 마을의 이름은 모나스트레빈. 세계 각국에서 모여든 시인과 작가들이 벌써 친해져서 함께 웃고 떠들고 마시었다.

밤이 되자 모두 함께 작은 펍pub으로 갔다. 기네스 맥주를 철철 흐르게 마시며, 홉킨스에게 바치는 헌정시를 돌려가며 읊었다.

다른 시인들은 주로 비엔비(B&B: 침대와 아침식사 혹은 빵의 뜻)에 들었지만 나는 다행히 '로드 에드워드'라는 돌로 지은 호텔에 들 수 있었다.

나무 침대에 정갈하고 조화로운 체크무늬 커튼이 유학시절의 추억을 자극했다.

제랄드 홉킨스는 성직자였고 시인이었다. 1893년에 세웠다는 메이누스maynooth대학을 돌았다. 회색비가 내리는 전형적인 아일랜드 날씨는 쓸쓸함을 더욱 고조시켰다. 겨우 3일이 지났는데 아, 고국산천을 떠나온 지가 삼 년은 된 것 같았다.

고풍한 도서관의 장서들 속에는 성경책만도 수십 가지이다. 그곳 도서관에서의 시낭송에 나는 자작시를 영어로 3편, 한국어로 1편을 읽었다.

보랏빛 꽃들이 비 속에 입술들을 적시고 있었다. 까마귀가 울고 바람이 불었다.

킬데어에는 철기를 가져온 켈트인의 흔적이 많이 남아 있었다. 특히 거석 분묘와 패총이 남아 있는 역사 깊은 곳이었다. 아일랜드는 수백 년 영국 식민지에서 1920년 비로소 독립했지만 북아일랜드는 아직 영국령으로 남아 있다.

한 일본인이 이곳에 살며 돈을 많이 모아 그의 고국을 그리며 세웠다는 일본정원을 돌았다. 앙증맞은 정원 속 둥근 초승달 모양의 다리를 건넜다.

조금 쉴 겸하여 하얀 의자에 앉았더니 이름하여 '노년의 의자'이다. 작은 오솔길의 이름은 '인생의 길'이라 지칭되어 있다. 약혼, 결혼, 신혼을 거치고 나서 '노년의 의자'에 이른 것이다.

벌떡 일어나 정원 한가운데 있는 카페로 들어갔다. 아일랜드인의 정신의 고향 '타라'는 이곳에서 얼마나 먼 곳에 있을까…… 새소리가 들리고 바로 곁에는 백조가 한가로이 떠 있었다.

그 옛날 자유를 사랑하는 사람들이 모여 '타라'의 언덕에서 시를 낭송하고, 스포츠를 즐겼다는 민족제전이 열린 그 '타라'를 생각하며 에스프레소를 주문했다.

아일랜드인의 가슴속에 깊이 새겨진 '타라'를 그려보았다.

시를 낭송하고, 또 시를 낭송하며 아일랜드에 머무는 동안 나는 점자를 더듬듯이 내내 무언가를 더듬었다.

편서풍은 변함없이 불었다.

풀들은 여전히 바람에 흔들리고 검은 흙은 윤기가 돌았다.

누가 승리를
말할 수 있으랴

"소녀여, 시인이란 왜 그대들이 고독한지
그것을 말할 수 있기 위해 그대들한테 배우는 사람들이요"

오래전 어느 해 가을이었다. 릴케는 이렇게 속삭이며 나에게 다
가왔다.

"무엇이든 저희들에게 일어나게 해주소서!/보시옵소서. 생명
을 향해 저희들이 몸을 떨고 있음을./한 가닥 광채마냥 한 가닥
노래마냥/저희는 솟아오르고 싶습니다……"

프라하에서 나고 유럽을 두루 방랑했던 눈이 큰 시인 릴케는
내가 문학이라는 두려운 문을 돌연히 열고 들어가 그곳에다 주저
없이 생애를 던지게 만든 시인 중 한 사람이다.

첼로의 음률처럼 가슴을 파고드는 그의 시편들과 소설『말테의 수기』를 읽으며 죽음의 씨앗을 품고 태어난 인간과 어둡고 불안한 도시 파리의 고독한 풍경에 나는 몸을 떨었다. 그리고 처음으로 사랑과 절망, 죽음의 그림자 속으로 함몰해가며 저 거대한 명제인 "인생이란 무엇인가?"라는 물음을 나의 미숙한 생 위에다 젖은 옷처럼 얹어놓았다.

노르웨이의 한 고독한 시인을 모델로 썼다는『말테의 수기』는 일관된 주제 없이 71편의 단편적인 수기 형태로 이루어진 소설이다.

밖에서 일어난 사건이나 사물의 이야기가 아니라 고독한 시혼詩魂이 응시한 풍경들을 내면으로 깊이 끌고 가서 쓴 뼈근한 통찰의 기록인 것이다.

개인의 고유한 삶이나 죽음은 없고, 때도 없이 울려대는 구급차와 절망적인 병원의 풍경과, 환멸 혹은 불안의 체험을 기록한 이 소설은 결국 말테라는 이름으로 대변된 시인 릴케의 위대한 예술가적 몸부림의 기록이라고 해야 할 것이다.

릴케는 그때 조각가 로댕을 만나기 위해 파리로 간다. 그리고 언어를 통해 기능하는 시인과는 달리 로댕을 통해서 사물을 보는 눈을 배우게 된다.

"사람들은 살기 위해서 이 도시로 몰려드는데, 나는 오히려 사람들이 여기에서 죽을 것 같다는 생각이 든다⋯⋯." 이렇게 시작되는 이 소설은 잿빛 공간에서 미로와 같은 삶을 영위하는 고독한 모습들이 포착된다. 융단의 그림을 통한 회상이나 죽음에 대한 고찰, 원형극장의 묘사에 이르기까지 다양하게 빛을 발한다.

불안한 인간상들이 만들어내는 빈곤과 죽음의 대량생산을 목격하며 그는 삶의 절망적인 본질을 응시하게 되고 이는 결국 아름다운 시혼으로 승화된다.

20세기 독일문학에 확고한 위치로 자리잡은 릴케는 한국문학에도 어느 시인보다 큰 영향을 끼쳤다.

어디를 다시 펼치어도 시퍼런 감각과 성찰이 살아 있는 『말테의 수기』에서 시간의 덧없음을 견디어낸 진정한 고전을 목격하게 된다.

"인생에는 초보자를 위한 학급은 없고 언제나 마찬가지로 처리해야 할 지극히 힘든 일이 있을 뿐이다"라는 대목을 다시 음미한다. 이어서 여성시인 고트프리드 벤이 그를 향해 터뜨린 아름다운 탄식을 떠올린다.

"백혈병으로 죽어서, 프랑스의 칠현금이 울어대는 로느의 청동색 언덕 위에 묻힌 인물, 위대한 서정시의 샘은 우리 세대가 결코 잊을 수 없는 다음의 시구를 썼던 것이다.

누가 승리를 말할 수 있으랴 – 극복이 전부인 것을!"

고독, 방랑, 사랑. 이것이 릴케의 생애이다.

그는 믿거나 말거나 장미 가시에 찔린 후 그것이 원인이 되어 죽음으로써 51년이라는 길지 않은 시인의 신화를 완성시켰다고 한다.

스스로 쓴 묘비명이 눈부시다.

　장미여, 오 순수한 모순이여

　이리도 많은 눈꺼풀 아래

　그 누구의 잠일 수도 없는 기쁨이여

문학의 도끼로
내 삶을 깨워라

초판 1쇄 인쇄 2012년 8월 17일
초판 1쇄 발행 2012년 8월 23일
지은이 문정희
펴낸이 김선식

Chief editing creator 김현정
Editing creator 백상웅
Design creator 박효영

2nd Creative Story Dept. 김현정, 박여영, 최선혜, 유희성, 백상웅
Creative Design Dept. 최부돈, 김태수, 손은숙, 박효영, 이나정, 조혜상
Creative Marketing Dept. 이주화, 원종필, 백미숙
    Communication Team 서선행
    Online Team 김선준, 박혜원, 전아름
    Contents Rights Team 김미영
Creative Management Team 김성자, 송현주, 권송이, 윤이경, 김민아, 한선미

펴낸곳 다산북스
주소 경기도 파주시 교하읍 문발동 529-2번지 3층
전화 02-702-1724(기획편집) 02-703-1725(마케팅) 02-704-1724(경영지원)
팩스 02-703-2219
이메일 dasanbooks@hanmail.net
홈페이지 www.dasanbooks.com
출판등록 2005년 12월 23일 제313-2005-00277호

필름 출력 스크린그래픽센타
종이 월드페이퍼(주)
인쇄 · 제본 (주)현문

ISBN 978-89-6370-774-7 (03810)